Mbu Maloni
Niemand wird mich töten

Aus dem Englischen
von Lutz van Dijk

Peter Hammer Verlag

Inhalt

Dieses Buch widme ich meinem Freund

Abongile „Atie" Rwanqa
(1994-2010)

der erstochen wurde,
als er fünfzehn war.
Von einem Siebzehnjährigen,
einfach so.

.

Damals: das Baby, das ich niemals war

Kudala: Azange ndibe lusana

Woran erinnerst du dich zuerst im Leben? Vielleicht an einen Geruch, eine Stimme, die Wärme der Haut deiner Mutter? Ich versuche mich zu erinnern. Es gelingt nicht.

Das Erste, an das ich mich erinnere, ist etwas, wofür ich mich schäme. Vielleicht vermag ich es darum nicht erinnern. Ich will es vergessen. Ich habe keine schöne erste Erinnerung in meinem Leben. Im Grunde möchte ich gar nicht daran erinnert werden, wie es war, als ich klein war, als ich selbst winziger war als die meisten anderen Babys. Dass ich so zwergenklein war, hat mir viele Jahre später meine Tante Nompumelelo erzählt. Diejenige, die ich mehr als meine eigene Mutter liebte.

Es tut mir weh, dass sogar sie mich jetzt nicht mehr sehen will. Dass sie mich nicht mal mehr auf der Straße grüßt ...

Aber ich habe mir fest vorgenommen, ehrlich zu sein in diesem Buch. Ich schreibe es, um stärker zu werden. Deshalb muss ich ehrlich sein, abgrundtief ehrlich. Selbst wenn die Wahrheit nicht angenehm ist.

Wie damals, als ich ein Baby war. Ich war nicht nur winzig, einfach viel zu klein für mein Alter. Vielleicht wollte ich gar nicht geboren werden. Wahrscheinlich wollte ich im Bauch meiner Mama bleiben. Zumindest dort muss es warm und sicher gewesen sein – wahrscheinlich hatte ich dort niemals Hunger. Aber vielleicht stimmt nicht einmal das – vielleicht hatte ich schon Angst, als ich noch gar nicht geboren war? Kann ein Baby hören, wenn draußen geschrien wird? Hat ein ungeborenes Baby Hunger, wenn die Mutter nicht genug zu essen hat, sondern meistens säuft?

Okay. Genug der trüben Gedanken. Meine erste Erinnerung: Ich heule. Andauernd. Heulen, heulen, heulen. Und niemand, der mich tröstet. Oder mich wenigstens anschaut, geschweige denn nach mir schaut. So heule ich weiter. Heulen, heulen, heulen. Was für eine blöde erste Erinnerung im Leben.

Mein Vorname Mbu ist eine Abkürzung von *Mbuyiseli*, was in *Xhosa** so viel bedeutet wie „Derjenige, der etwas zurückgibt".

Einmal fragte ich Mutter, warum sie mir diesen Namen gegeben hat. Sie antwortete: „Ich habe niemals im Leben etwas geschenkt bekommen … So hoffe ich, dass vielleicht meine Kinder mir eines Tages etwas geben werden … vielleicht du?" Sie war

---

* Worte in kursiver Schrift, die nicht im Text selbst erläutert werden oder Eigennamen sind, werden im „Kleinen Wörterbuch" am Ende dieses Buches in alphabetischer Reihenfolge erklärt.

nüchtern, als sie es sagte, und beinah hätte ich geantwortet: Ja, Mama, einmal werde ich dir ein besseres Leben schenken. Aber dann zögerte ich. Und schließlich sagte ich gar nichts. Weil ich dachte: Mama, wie kann ich etwas zurückgeben, wenn ich niemals etwas von dir bekommen habe? So oft nicht, wenn ich Hunger hatte. So oft nicht, wenn ich allein war. So oft nicht, wenn mir kalt war. Nichts. Gar nichts.

Außer meiner ersten Schuluniform ... dass du mir die geschenkt hast, werde ich niemals vergessen. Du hast mir dieses gelbe Hemd gekauft, diese grauen kurzen Hosen und ein Paar glänzende schwarze Halbschuhe. Alles neu. Du hast mich so glücklich und stolz gemacht an jenem Tag ... So, ja, eines Tages, wenn ich mein eigenes Geld verdiene, werde ich dir etwas geben. Aber nur, wenn du mit dem Trinken aufhörst, Mama. Deine Liebhaber sind mir egal. Aber ich möchte einfach nicht, dass du mehr Geld für Schnaps verschwendest.

Damals, in dem Moment, sagte ich das alles nicht. Ich blieb still. Außer wenn ich heulte, war ich meist still, als ich klein war. Die erste Lektion im Leben: Lerne deine Gefühle zu kontrollieren, hör auf mit Heulen – halte die Klappe. Sei ruhig. Rede nicht. Reden bringt nur Ärger. Erwachsene hören sowieso nicht zu. Warum also reden? Warum teilen, was du denkst, was du fühlst, wovon du träumst, wonach du dich sehnst? So dachte ich die meiste Zeit meines Lebens.

Vielleicht kannst du einen Freund finden zum Reden. Aber nicht die Familie. Nicht mit deiner Mutter. Und bestimmt nicht mit den Männern, die sie anschleppt. Halte den Mund. Sei ruhig. Heule nicht. Schau einfach neutral. Eine Maske. Das ist gut. Dann kann dich niemand leicht verurteilen. Selbst wenn sie denken, dass du blöd bist, weil du nie den Mund aufbekommst. Kein Problem. Sei nur still.

So jedenfalls dachte ich die meiste Zeit meines bisherigen Lebens. Ich denke heute anders darüber. Ich habe ein wenig begonnen zu sprechen in dem Haus, wo ich heute lebe. Das erste Zuhause, das ich jemals hatte. Falls Zuhause bedeutet: ein sicherer Ort, wo dich niemand angreift. Wo du zu essen bekommst, ohne drum kämpfen zu müssen. Wo du deine paar Habseligkeiten sicher und sauber aufbewahren kannst. Wo nicht hinter deinem Rücken über dich geredet wird. Wo du ohne Angst schlafen kannst.

Es ist dieser Ort, wo ich begann, über mein Leben nachzudenken – und zu schreiben. Weil ich einfach weiß, dass es Hunderte und Tausende und Millionen andere Kids gibt, die ebenfalls denken, dass sie nichts zu melden haben. Die denken, dass sie nichts sind. Schlimmer als nichts – wie Abfall. Schmutzig, hungrig, stinkend.

Es ist nicht wahr. Jeder von uns will jemand sein. Möchte gehört werden. Sogar jedes Baby. Und hier beginnt meine Geschichte.

* * *

Der erste Mensch in meinem Leben, zu dem ich aufsah, war mein älterer Bruder Mavusi. Wahrscheinlich habe ich ihn geliebt, weil er der Erste und Einzige war, der nach mir schaute, auch wenn er gerade mal vier Jahre älter war. Er war immer da, auch mitten in der Nacht, wenn Mutter in der Kneipe war. Ich erinnere mich, wie er manchmal versuchte, mich zu füttern, aber ich konnte es dann nicht essen, weil er viel zu harten Kram, altes Brot und so was, in meinem Mund stopfte, wenn keine Milch mehr da war. Aber er teilte immer, was es gab. Manchmal streichelte und tröstete er mich, wenn ich weinte. Manchmal schlug er mich aber auch, wenn er einfach genug hatte von meinem Heulen. Für beides war ich ihm dankbar, weil er mich fühlen ließ, dass da ein anderer Mensch war.

Seine Stimme habe ich bis heute im Ohr. „*Tula, man, tula* – sei still, Mann!*", sagte er hundertmal. Da war er ungefähr sechs. Ich war zwei. Vielleicht war ich niemals ein Baby.

Zuweilen war damals noch Vater bei uns. Es roch immer angenehm, wenn er von der Arbeit heimkam. Weil er in einer Bäckerei stets die Frühschicht hatte. Der Duft von frischem Brot und Kuchen. Und manchmal gab es Berge von Brot nach Tagen ohne überhaupt etwas.

Aber Mutter und Vater stritten viel. Keine Ahnung worüber. Vater sorgte sich niemals um mich wie mein Bruder. Trotzdem war es gut, wenn er da war. Mein Vater ist groß und stark und älter als Mutter. Ich fühlte mich sicherer, wenn er da war und wenn ich sein Schnarchen in seiner Ecke unseres *Shacks* hörte.

Dann, von einem auf den anderen Tag, war er weg. Einfach so. Da war ich höchstens drei oder vier. Erst viele Jahre später habe ich ihn wiedergetroffen, Und nur, weil ich begonnen hatte, ihn zu suchen. Eine andere Geschichte für später, nicht jetzt.

Dafür gab es meinen Bruder Mavusi. Überallhin versuchte er mich mitzunehmen. Zu den Nachbarn, wo er um etwas Essbares bettelte. Zu seinen Freunden. Wenn ich zu müde war, weiterzulaufen, schubste er mich: „*Hamba, man* – geh schon, Mann!" Niemals rief er mich bei meinem Namen. Er war einfach nicht stark genug, um mich überall hinzuschleppen. Im Grunde war er ein eher dünner Junge, der oft hustete.

✳ ✳ ✳

Eines Tages wurden wir beide von einem riesigen Hund angegriffen. Vielleicht nur, weil Mavusi ein Stück Brot in der Hand hielt. Aber er war nicht bereit, es dem Hund zu überlassen. Der Riesenköter begann zu knurren und zu bellen. Es war ein schwarzer Hund mit langem Fell, scharfen Zähnen und einer roten Zunge. Mich packte eine schreckliche Panik, weil er einfach so viel größer war als wir beide zusammen. Außerdem war weit und breit kein Erwachsener, der uns hätte helfen können. Ich schrie aus Leibeskräften. Ich hatte solche Angst, dass der Hund jeden Augenblick meinen Bruder beißen und ihn dann vielleicht auffressen würde. Und dann natürlich auch mich.

Aber was tat Mavusi? Er gab nicht auf. Er schnappte sich

mit der rechten Hand einen Holzstock und hielt das Brot weiter mit der linken umklammert. Und er schrie den Köter an: „*Suka, nja, suka* – hau ab, Hund!" Er beschimpfte den Hund nicht. Er versuchte ihn nur zu verjagen und rief: „Geh weg, Hund!"

Plötzlich jedoch sprang der Hund auf meinen Bruder zu – und ich kniff beide Augen zusammen vor Entsetzen. Als ich meine Augen wieder öffnete, sah ich, wie er über Mavusi stand, der auf dem Boden lag, aber weiter das Stück Brot unter seinem Rücken zu verstecken suchte. Doch der Hund war nicht blöd und schnupperte an Mavusi auf und ab, bis er das Brot geortet hatte. Zornig biss er meinem Bruder in den Arm, und erst jetzt gab Mavusi auf. Er schrie vor Schmerz und warf das Brot so weit weg, wie er nur konnte. Mit einem Satz hatte der Hund sich das Stück geschnappt und würgte es hinunter. Danach verlor er jedes Interesse an uns und trottete einfach davon.

Mein Bruder Mavusi, der Held, hielt seinen Arm hoch und versuchte die Blutung zu stoppen, indem er eine Ader oberhalb der Wunde abpresste. Warum heulte er nicht? Dabei war er doch gerade höchstens mal acht. Er murmelte nur so etwas wie: „*Inja esisidenge, inja elambileyo* – dummer Hund, hungriger Hund ...*"

Zum Glück hörte die Wunde auf zu bluten, aber der Arm begann dick zu werden. Am Abend sah die Schwellung fürchterlich aus, und Mavusi konnte keinen Finger mehr bewegen.

Mutter war nicht daheim, und wir hatten auch keine Ahnung, wann sie kommen würde. Er weckte mich auf und erklärte: „*Masihambe siye ku Makazi Nompumelelo* – lass uns zu Tante Nompumelelo gehen!"

Sie wohnte gleich um die Ecke. Glücklicherweise brannte noch eine Paraffinlampe in ihrem *Shack*. Durch die Ritzen von Holz und Plastikplanen war ein Lichtschein zu erkennen. Als die Tante Mavusis geschwollenen Arm sah, schüttelte sie besorgt den Kopf und meinte: „*Asilunganga* – das sieht nicht gut aus!"

Sie fragte gar nicht erst, wo Mutter war, sondern band mich mit einem Tuch auf ihren Rücken und nahm Mavusi an seiner gesunden Hand. Dann gingen wir zur Haltestelle der *Minibusse*, aber zu der späten Stunde fuhr nichts mehr. Die Tante entschied, dass die Angelegenheit nicht bis zum Morgen warten könnte, und so marschierte sie los, mich auf dem Rücken, Mavusi an der Hand. Wir liefen und liefen und liefen ...

Ich fiel irgendwann auf ihrem Rücken in Schlaf und erwachte erst wieder von grellem Licht in einem weißen Raum. Es war so hell, dass ich erst gar nichts erkennen konnte. Als sich meine Augen an das Licht gewöhnt hatten, wurde mir klar, dass wir in einem Krankenhaus sein mussten. Ich kann mich nicht mehr erinnern, was dann noch geschah. Auch nicht, wie wir wieder nach Hause kamen.

Am nächsten Morgen jedoch zeigte mir Mavusi stolz seinen Arm, der von der Schulter bis zum Handgelenk verbunden war. Alle Nachbarskinder schauten ihn voller Bewunderung an. Mavusi berichtete ihnen: „Der Hund hat mir den Arm abgebissen, aber der Doktor hat ihn wieder angenäht." Die anderen Kinder nickten mit den Köpfen. Jeder kannte gefährliche Hunde, die noch gefährlicher wurden, wenn sie hungrig waren. Gleichwohl wurden viele Hunde bei uns im Township auch grundlos geprügelt oder getreten ... und sie waren oft halt genauso hungrig wie wir.

Manchmal mochte ich auch Hunde, besonders wenn sie noch klein waren. Einmal brachte ich sogar ein Hundekind mit nach Hause. Aber Mutter packte ihn am Hals und warf ihn durch die offene Tür zurück auf die Straße: *„Uphambene* – bist du verrückt, Mbu?", war alles, was sie sagte. Mir tat das Hundekind so leid. Ich sehe ihn noch heute vor mir mit seinen großen dunklen Augen, die wie Knöpfe blitzten, seinem kleinen Wackelschwanz und den lustigen langen Ohren.

✳ ✳ ✳

Als die anderen Kinder in die örtliche Grundschule eingeschult wurden, sagte Mutter zu Mavusi: *„Linda* – warte mal, Mavusi! Du gehst nächstes Jahr. Du musst erst noch auf deinen kleinen Bruder aufpassen." Niemals beschwerte er sich darüber. Aber ich merkte schon, dass er manchmal traurig war, weil er nicht zur Schule gehen durfte. Ein Jahr später bestand unsere Tante auf seinem Schulbesuch und gab ihm sogar eine gebrauchte Uniform von einem ihrer älteren Jungen.

Obwohl ich Mavusi von nun an tagsüber vermisste, war ich

doch so stolz auf ihn. Was für ein großer Junge er nun war – und wie toll er in der grün-schwarzen Schuluniform aussah! Wie ein richtiger Mann!

„*Haybo*", lächelte er, „ich bin gerade mal in der ersten Klasse!"

Aber für mich war er jetzt groß. Nicht so ein Kleiner wie ich. Während ich auf ihn wartete, träumte ich davon, wie auch ich eines Tages zur Schule gehen würde. Ich stellte mir die Schule als einen magischen Ort vor, einen Zauberplatz, wo einem magische Kräfte verliehen wurden.

Ein Beispiel waren die Blätter, die mir mein Bruder zeigte, auf denen magische Zeichen notiert waren. Ohne Zauberkraft machten sie überhaupt keinen Sinn. Sie stellten nicht etwa eine Tür dar oder ein Fenster. Mein Bruder jedoch war in den Zauber eingeweiht worden, zeigte auf ein paar Zeichen und sagte: „*Ocango* – das bedeutet Tür!" Und er zeigte auf ein anderes Blatt und erklärte: „*Ifestile* – und das ist ein Fenster!" Ich war schwer beeindruckt.

„*Uyaqonda* – verstehst du, Mbu?"

Ich nickte. Natürlich.

✳ ✳ ✳

Meine Kindheit endete irgendwann kurz nach meinem fünften Geburtstag. Als Mavusi schon die zweite Klasse begonnen hatte.

An einem heißen Januarmorgen sagte Mutter ohne Vorwarnung zu uns: „Mavusi, du wohnst ab jetzt bei Oma." Und zu mir: „*Siya eKapa* – wir fahren nach Kapstadt."

Zum ersten Mal widersprach ich Mutter: „*Hayi, Mama* – bitte, lass mich bei Mavusi bleiben!" Sie schaute mich überrascht an, tat dann aber so, als hätte sie mich nicht gehört: „Wir nehmen am Mittag den Bus ..."

Viel später erst verstand ich, warum sie nach Kapstadt wollte: Sie konnte hier nirgendwo Arbeit finden. Vielleicht auch wegen ihrer Trinkerei. Als wir schon im Bus saßen, hörte ich, wie sie zu einer Frau neben ihr sagte: „Es ist viel leichter, in Kapstadt einen Job zu finden!"

Niemals werde ich vergessen, wie Mavusi uns noch bis zur Busstation begleitete. Und wie er dort stand, als der Bus losfuhr. Er stand dort, als wenn er eingefroren wäre. Völlig erstarrt.

Als ich winkte, reagierte er nicht. Er stand bewegungslos da und wurde einfach nur durch den Abstand immer kleiner und kleiner. Dann bog der Bus in eine Kurve, und Mavusi war verschwunden.

Dieses Mal heulte ich nicht. Aber es war nicht leicht. Ich biss mir auf die Lippen, bis ich etwas Blut schmeckte.

Der erste Schultag

Isuku loku qala esikolweni

Von Kapstadt haben wir nicht viel gesehen. Ich weiß aber noch, wie weit weg am Horizont beim ersten Tageslicht jener gewaltige und berühmte Berg auftauchte. Er heißt Tafelberg wegen seiner platten Oberfläche. Der Fahrer hatte zwar irgendwo zentral in der Stadt gehalten, aber das hatte ich verschlafen.

Als Mutter mich weckte, waren wir schon an einem Vorortbahnhof. Dort stiegen wir in einen *Minibus* um. Mutter erkundigte sich bei einem Mitreisenden, ob die Linie nach *Masiphumelele* fahren würde. Der junge Mann neben uns nickte: „*Ewe, Sisi* – das ist nicht mehr weit!"

Tatsächlich hielt der kleine Bus wenig später am Eingang zu einem *Township*, das viel kleiner war als das, wo wir herkamen. Erst jetzt fragte ich: „Warum sind wir hier, Mama?"

„Weil ein Onkel hier wohnt und er mir angeboten hat, ein *Shack* in einem Hinterhof billig zu mieten."

Dieses *Township* sah noch armseliger aus als unseres in Graaff Reinet. So viel Dreck lag auf der Hauptstraße, und damals gab es noch nicht mal Straßenschilder. Schließlich stießen wir auf einen großen Container, der als Tagesklinik umgebaut war. Viele Frauen und kleine Kinder warteten auf einem staubigen Platz davor. Mutter begann ein Gespräch mit einer von ihnen. Ich wartete einfach auf der Erde im Schatten hinter dem Container.

Wenig später kehrte sie erleichtert zurück: „Der Onkel ist unterwegs, aber er hat bei einem Nachbarn einen Schlüssel hinterlassen. Es soll in der Nähe der Einfahrt zum *Township* sein."

Die Sonne knallte auf uns herab, während wir den ganzen Weg zurückliefen. Mir war schwindelig, einfach weil ich ewig nichts mehr getrunken hatte. Unsere Plastikwasserflasche war schon lange leer. „*Hamba* – halt durch, Mbu!", sagte Mutter. Aber immerhin schubste sie mich nicht. Sie war freundlicher, als ich es gewöhnt war. Sie tröstete mich sogar: „Wir sind bald da."

Endlich fanden wir den Hof dieses Onkels, und zu allem Glück war auch ein alter Nachbar mit dem Schlüssel da.

„Wenn ihr keine Miete zahlt, schmeißt er euch sofort wieder raus", erklärte er mit grimmiger Miene. „Und wenn ihr hier nachts Krach macht, werden wir euch gemeinsam verjagen!"

Mutter jedoch schien unerschütterlich: „Mbu, warte nur, bis ich erst Arbeit habe ..."

Wie um ihre Hoffnungen zu bestätigen, drehte sie an einem Wasserhahn neben der Außentoilette. Klares Wasser lief heraus. „*Jonga* – siehst du!" Ich hielt meinen geöffneten Mund unter den Hahn und trank so viel, wie ich konnte. Vielleicht hatte Mutter recht?

✳ ✳ ✳

Das *Shack* war klein und dunkel, selbst am Tag, da es kein Fenster hatte, nur eine quietschende Holztür. Innen standen keinerlei Möbel, und der Fußboden war gestampfte Erde. Beide waren wir so erschöpft, dass Mutter nur eine Decke ausbreitete und die Reisetasche als Kissen drapierte. Wir legten uns nebeneinander auf die Decke, und obwohl es erst früher Nachmittag war, fielen wir sofort in tiefen Schlaf.

Am nächsten Morgen kaufte Mutter ein paar Äpfel, Bananen und Brot zum Frühstück. „Den Rest des Geldes muss ich für die Miete aufheben", erklärte sie.

Dann ließ sie mich mit einer Banane und einer gefüllten Wasserflasche allein zurück. „*Ndiyabuya ngoku* – ich bin bald wieder da, mein Junge!", versprach sie und verschloss die Holztür von außen. Ich dachte, dass sie spätestens in einer Stunde zurück sein würde, zumal sie behauptet hatte, es sei leicht, in Kapstadt Arbeit zu bekommen. Ich stellte mir vor, wie wir dann richtig einkaufen gehen würden, vielleicht sogar ein paar Süßigkeiten für mich. Und eines Tages dann auch Möbel, womöglich ein Bett oder einen Schrank.

Aber Mutter kam nicht bald zurück. Sie kehrte den ganzen Morgen nicht heim. Inzwischen stand die Sonne hoch am Himmel, und die Hitze in dem verriegelten *Shack* wurde unerträglich. Zu allem Übel spürte ich auch noch den zunehmenden Drang, dass ich pinkeln musste. Bestimmt wäre sie sauer, wenn ich es im *Shack* machte. Gleichzeitig hatte ich Angst, um Hilfe zu rufen, da der alte Nachbar am Vortag so unfreundlich gewesen war.

Schließlich probierte ich alles, um die Tür von innen aufzubekommen. Aber vor der wackeligen Tür war ein stabiles Schloss angebracht. Ich bekam die Tür nicht auf. Am Ende konnte ich es nicht länger halten und pisste mir in die Hosen wie ein Baby.

Erst jetzt übermannte mich tiefe Verzweiflung, und ich heulte wie früher, obwohl ich Mutter versprochen hatte, hier niemals mehr zu weinen. Ich fühlte mich so dumm, ich schwitzte und stank, und es war nur heiß in der Bude.

Was jedoch, wenn Mutter einen Unfall gehabt hatte? Oder jemand hatte sie überfallen und den Rest des Mietgeldes gestohlen? Eine fürchterliche Panik ergriff mich. Ich vermisste Mavusi so sehr.

Endlich, endlich hörte ich, dass sich Schritte unserem *Shack* näherten. „Mama?", rief ich vorsichtig mit gedämpfter Stimme.

Aber es war nicht Mutter. Jemand schlug mit der Faust auf die Tür! Bum, bum, bum – dreimal!

Mucksmäuschenstill lauschte ich nach draußen. Wer schlug so ungeduldig auf die Tür?

„*Vula ucango* – sofort aufmachen!“, befahl eine männliche Stimme. Und dann schlug wieder jemand gegen die Tür.

Ich nahm all meinen Mut zusammen und antwortete: „*Uxolo* – sorry, ich kann nicht. Meine Mutter ist nicht da …“

Ich hörte, wie die Männer draußen sich berieten. Das war alles. Dann gingen sie davon. Und ich wartete weiter.

Erst am späten Nachmittag kehrte Mutter zurück. Sie brachte kein Essen mit.

Sie war so betrunken, dass sie nicht mal meine Pisse roch. Ich rannte sofort nach draußen und hängte mich an den Wasserhahn. Wasser kann bei Hunger für kurze Zeit helfen. Das wusste ich. Aber ich wusste auch, dass nach einer Weile der Hunger schlimmer als zuvor zurückkommt.

An diesem Abend durchsuchte ich zum ersten Mal die Mülltonnen in der Nähe unseres Hinterhofes. Ich würde es nicht Essen nennen, aber ich schlang etwas hinunter. Es kann Momente im Leben geben, wo du alles isst. Schlimme Momente.

✳ ✳ ✳

Noch einmal schöpfte ich Hoffnung an diesem neuen Ort.

Es war etwa zwei Wochen später, als Mutter aufgeregt heimkam: „*Enkosi thixo* – Gott sei Dank! Ich habe einen Job als Putzfrau gefunden, gar nicht weit von hier! Morgen geht's schon los!“

Den Rest des Tages verbrachte sie damit, die ganze Kleidung

zu waschen mit Pulver, das uns der brummige Nachbar geborgt hatte. Sie hängte alles in die Sonne und passte auf, dass niemand etwas klaute.

Nach ihrem ersten Arbeitstag brachte sie frisches Obst und sogar ein paar Stücke gebratenes Hühnerfleisch mit. „Alles von dieser netten Familie ... Sie haben mir sogar ein paar Möbel versprochen."

Und tatsächlich, noch vor dem Wochenende parkte ein *umlungu*, ein weißer Mann, mit einem kleinen Lieferwagen vor unserem Hof und lud eine Matratze, zwei Stühle und einen Campingtisch ab, alles gebraucht, aber sonst noch okay. „Ist das Ihr Sohn?", fragte er Mutter.

„*Ewe* – ja", antwortete sie. „Das ist Mbu. Er kommt bald in die Schule."

Ich machte mich so groß ich konnte, damit er es auch glaubte. Aber ich traute mich nicht, etwas zu sagen.

An diesem Abend saßen wir auf den beiden Stühlen, und es gab mehr zu essen als je zuvor.

„Kann ich wirklich zur Schule?"

„*Ndiya kuthembisa* – ich verspreche es dir!", antwortete Mutter.

Und sie hielt ihr Versprechen. Es war das einzige Versprechen, das sie mir jemals gab. So – was immer du sonst denken magst von meiner Mutter, zumindest das hat sie gehalten, ungeachtet allem sonstigen Ärger.

* * *

Nur einen Monat später war der bis dahin schönste Tag meines Lebens.

Bisher hatte ich in *Masiphumelele* noch keine richtigen Freunde gefunden, ich vermisste Mavusi so sehr. Immerhin spielten ein paar Mädchen in unserem Hof manchmal *puca*, das Spiel mit den flippenden Steinen. Da ich gut darin war, runde glatte Steine zu finden, ließen sie mich ab und zu mitmachen. Es war an so einem frühen Abend, als ich mit den älteren Mädchen spielte und Mutter mit einer blau-weißen Plastiktüte vom örtlichen *PEP*-Laden heimkam.

„*Yizapha* – komm her, Mbu!“, rief sie schon von der Straße. Ich lief, so schnell ich konnte. Ich sah ihr Lächeln – hatte sie wirklich Wort gehalten?

Sie reichte mir die Tüte, aber erlaubte mir noch nicht, sie zu öffnen. „Du musst sie bis zu unserem *Shack* tragen“, sagte sie, und ihre Anordnung klang wie Musik in meinen Ohren.

Ich hatte inzwischen einen eigenen Schlüssel und benutzte ihn ungeduldig. Als wir drinnen waren, legte ich die Tüte auf den Tisch und schaute Mutter an. „*Vula ngoku* – jetzt kannst du sie aufmachen!“, sagte sie.

Meine Finger zitterten vor Aufregung, und beinah zerriss ich die Tüte. Dann konnte ich meinen Augen kaum glauben: Vor mir lag eine komplette Schuluniform! Alles neu: das gelbe Oberhemd mit langen Ärmeln, eine graue kurze Hose – und dann auch noch die ersten Lederschuhe meines Lebens in glänzendem Schwarz!

„Ich kann also wirklich zur Schule?", auch meine Stimme zitterte jetzt.

„*Ngomso* – morgen ist dein erster Schultag, mein Junge!" Mutter sah mich mit einem zufriedenen Ausdruck an, den ich nie zuvor bei ihr bemerkt hatte.

Sie freute sich nicht nur mit mir. Sie war auch stolz auf sich selbst. Diese Uniform war keine Spende, nicht gebrauchter Kram von anderen. Sie hatte es verdient mit eigener Arbeit, sie hatte es bezahlt mit ihrem Geld.

Ohne Betteln. Sie ist ganz allein in das Shopping Center gegangen. Sie hat die richtigen Größen ausgesucht und sich dann bei der Kasse in die Reihe gestellt. Wie viele Leute haben sie so gesehen? Wie viele haben beobachtet, wie sie ihre Geldbörse geöffnet hat und den gesamten Betrag hingeblättert hat? Über einhundert *Rand*. In bar.

* * *

Am Morgen darauf standen wir extra früh auf, denn Mutter wollte mich noch vor ihrer Arbeit zur Schule bringen.

Mein Gang war etwas ungewöhnlich, kein Humpeln, aber etwas wackelig, weil die neuen Schuhe so steif waren und drückten, sicher, da ich keine Socken hatte. Aber der leichte Schmerz machte mir noch deutlicher, was für ein besonderer

Tag heute war. Ich ging in die erste Klasse mit einer eigenen Uniform – ein Luxus, den nicht mal Mavusi erlebt hatte.

Damals war die Grundschule von *Masiphumelele* noch kein Steingebäude, sondern sie bestand aus ein paar Containern auf einem Acker. Aber ihre Gründer hatten der Schule sofort einen hoffnungsfrohen Namen gegeben: *Ukhanyo*-Schule. *Ukhanyo* bedeutet in *Xhosa* so viel wie: Wir bringen das Licht.

Ich fühlte mich wie strahlendes Licht an diesem besonderen Morgen, als ich mit Mutter auf das Schulgelände zuging und sie mir zeigte, wo der Container der ersten Klasse war. Eine ältere Frau redete dort zu vielen kleinen Kindern. So viele Kinder saßen dort zusammengequetscht, dass kein Millimeter Fußboden zu sehen war.

„*Wamkelekile* – willkommen, Mbu!", sagte die alte Lehrerin. Ich wusste, ich hatte es geschafft.

Der gesamte Morgen war nur wunderschön. Trotz der Enge fand ich einen Platz auf dem Boden inmitten der anderen Mädchen und Jungen. Ich winkte Mutter wacker zu, dass sie gehen könne und mit mir alles in Ordnung sei.

Später fragte mich die Lehrerin: „Mbu, kannst du singen?" Ich antwortete: „Nein, kann ich nicht ... aber ich werde es bestimmt lernen!"

Sie schenkte mir ein umwerfendes Lächeln, diese alte Lehrerin. Ich hatte recht gehabt, was Schulen angeht: Hier kannst du Zauberkräfte erwerben! Ich war bereit für jede Magie.

Warten in der Nacht

Ukulinda ebusuku

Was mich anging, kann ich sagen: Dies war das Leben, das ich mir immer gewünscht hatte.

Meine Mutter arbeitet und trinkt nicht mehr. Jeden Abend kommt sie heim zu mir ohne andere Männer. Jeden Morgen gehe ich zur Schule, selbst wenn es nur die erste Klasse ist und der Container überfüllt.

Jeden Nachmittag räumte ich in unserem *Shack* auf in Vorfreude auf ihr Heimkommen.

Und es gab keinen Hunger mehr. Auch wenn wir beinah nie Fisch oder Huhn, schon gar nicht Rindfleisch hatten. Wir aßen dagegen so gut wie jeden Tag sogenannten Afrikasalat. Das ist im Grunde kein Salat, sondern Maismehl und Sauermilch. Das Billigste vom Billigen, ohne jeden Geschmack. Aber das Gute beim Afrikasalat ist: Es füllt den Bauch, und du spürst keinen Hunger.

Mit der Zeit gefiel mir sogar der Name unseres *Townships*, eines der ärmsten im gesamten Westkap: *Masiphumelele*. In

Xhosa bedeutet das ungefähr: Wir werden es schaffen! Und so klein ich auch war, dachte ich: Auch ich werde es schaffen!

Dann jedoch veränderte sich alles vom einen auf den anderen Tag.

* * *

An jenem Tag kaum ich in guter Stimmung aus der Schule, da unsere Lehrerin uns erzählt hatte, dass die Schule Freikarten für den bekannten Zip-Zap-Zirkus in Kapstadt erhalten hatte. Dieser Zirkus ist nicht nur berühmt, weil er sehr gut ist, sondern weil alle Artisten Straßenkinder sind. Sie waren sogar schon im Fernsehen aufgetreten und hatten eine Tournee in Europa hinter sich. Das Gerücht ging, dass auch schon zwei Mädchen aus *Masiphumelele* Karriere bei Zip-Zap gemacht hätten. Ich konnte es kaum abwarten, diesen Zirkus einmal selbst zu erleben.

Auf dem Heimweg von der Schule dachte ich daran, wie ich Mutter am Abend davon erzählen und sie sich bestimmt mit mir freuen würde. Als ich in unseren Hof einbog, fiel mir jedoch sofort auf, dass etwas nicht stimmte. Die Tür unseres *Shacks* stand weit offen. Hatte es einen Einbruch gegeben?

Ich rannte das letzte Stück – und sah Mutter mit gebeugtem Kopf an unserem kleinen Tisch sitzen, ihr Gesicht hatte sie hinter beiden Händen verborgen. Am leichten Beben ihres Rückens konnte ich erkennen, dass sie geweint hatte. Leise trat ich ein und legte eine Hand auf ihren Rücken: „Mama?"

Erst jetzt bemerkte sie mich. Als sie mir ihr Gesicht zuwandte, sah ich, wie noch immer Tränen über ihre Wangen liefen. Sie schluchzte tief und sagte dann stockend: *„Kuphelile* – es ist alles vorbei, Mbu! Ich bin rausgeflogen. Sie haben behauptet, ich hätte etwas gestohlen, aber das stimmt nicht!"

Nur allmählich begriff ich, dass Mutter ihre Arbeit verloren hatte und dass wir erneut ohne Geld, ohne Essen, ohne alles sein würden. Ich wollte es einfach nicht wahrhaben: *„Kodwa* – aber, Mama, du wirst eine neue Arbeit finden. Bitte, gib jetzt nicht auf!"

Ich war mir nicht sicher, ob sie mich überhaupt gehört hatte. Erst nach einer Weile antwortete sie, wie abwesend, mit dieser endlos traurigen Stimme: *„Ubomi bunzima* – das Leben meint es nicht gut mit mir, Mbu."

Ich fragte mich, warum sie nur über sich und ihr Leid klagte. Ich war doch auch noch da. Zusammen würden wir es schon schaffen. „Bitte, Mama, gib nicht auf! Ich bin einer der Besten in meiner Klasse! Und du hast viel gelernt bei der Familie, so dass du bestimmt wieder einen Job findest!"

Aber es schien, als ob nichts Mutter Hoffnung geben konnte. Kaum hörbar murmelte sie: „Hier kennt jeder jeden. Der Mann sagte, er würde überall erzählen, dass ich unehrlich war, und ich würde hier niemals mehr etwas finden."

Traurig bereitete ich uns den Rest von Sauermilch und Maismehl fürs Abendessen. Mutter rührte ihren Teller nicht an. Schließlich entrollte ich die Decken für die Nacht.

„*Lala kakuhle* – schlaf gut, Mama!“, versuchte ich sie zu trösten. „Morgen ist ein besserer Tag ...“

Aber sie wollte nicht ins Bett kommen. Sie blieb auf ihrem Stuhl sitzen und starrte vor sich hin, bis es stockdunkel in unserem *Shack* war.

Ich deckte mich zu, hielt aber die Augen offen. Ich ließ sie nicht aus dem Blick, als ich leise betete: „Bitte, lieber Gott, lass Mama morgen einen Job finden!“

Da sie sich weiter nicht rührte und ich auch sonst kein Zeichen von Gott erhielt, begann ich zu verhandeln: „Lieber Gott, kannst du ihr sonst bitte nächste Woche oder zumindest kommenden Monat eine Arbeit geben? Bitte, lieber Gott!“

Ganz am Ende betete ich: „Auch wenn sie keine Arbeit findet, bitte, lieber Gott, lass sie nicht wieder mit dem Trinken anfangen! Lass sie nicht wieder nachts ausgehen!“

✳ ✳ ✳

Als ich am nächsten Morgen zur Schule ging, schlief Mutter noch. Oder zumindest tat sie so. Ich war erleichtert, dass sie daheimgeblieben und irgendwann ins Bett gekommen war, als ich schon schlief.

In der Klasse konnte ich mich nur mit Mühe konzentrieren. Um ehrlich zu sein, erinnere ich mich an nichts mehr, was unsere Lehrerin uns an diesem Vormittag erzählte. Auf dem Nachhauseweg war ich zunehmend nervös und rannte schließlich die letzten hundert Meter. In welcher Stimmung würde ich Mutter vorfinden?

Als ich endlich ankam, sah ich, dass Mutter unseren *Shack* verlassen hatte. Ich wagte es nicht, die Nachbarn nach ihr zu fragen, und räumte wie früher alles auf und wusch das Geschirr ab. Bei Sonnenuntergang war Mutter immer noch nicht zurück. Meine Hoffnung, dass sie nur zur Arbeitssuche unterwegs war, schwand immer mehr.

Als es schließlich stockdunkel war, ließ ich die Tür unseres *Shack* offen für den Fall, dass sie eventuell ihren Schlüssel verloren haben könnte. Ich machte kein Auge zu. Ich wartete auf sie.

Mutter kam erst heim, als es draußen ganz still war und selbst von den Nachbarn nichts mehr zu hören war. Es musste lange nach Mitternacht sein. Aber allein von der Art, wie sie sich schwankend bewegte, wusste ich sofort, was los war.

„Warum schläfst du nicht, *usana lwam* – mein Baby?" Ihre Stimme klang schrill, während sie sich am Türrahmen festhielt. Niemals nannte sie mich Baby, wenn sie nüchtern war.

Dann erklang ein heiseres Lachen aus ihrer Richtung: „Alle Weißen sind Schlappschwänze", rief sie. „Nur die Schwarzen sind richtige Männer!"

Ich wusste, dass sie jetzt doch nicht mehr auf mich hören würde. Wenig später fiel sie zu Boden und weinte bitterlich. Ich deckte sie vorsichtig zu. Es gelang mir lange nicht, einzuschlafen.

***

Meiner netten alten Lehrerin fiel schon wenige Tage später auf, wie sehr ich mich zu verändert hatte.

„Was ist los mit dir, Mbu? Du siehst jeden Morgen mehr müde aus! Schläfst du überhaupt noch?"

Ab und zu gab sie mir ohne weiteren Kommentar in der Pause eine Scheibe Brot mit Marmelade, da ihr aufgefallen war, wie hungrig ich nun immer zur Schule kam. Selbst den Afrikasalat gab es nicht mehr daheim.

Aber richtig schlimm wurde es erst, als Mutter fast jede Nacht bei anderen Männern übernachtete.

Wann immer ich zu betteln begann, dass sie doch bei mir bleiben möge nachts, antwortete sie zunehmend ärgerlich: „*Yima* – hör auf damit, Mbu! Du siehst doch, dass wir kein Geld haben. Und wenn ich schon keine Arbeit habe, muss ich doch wenigstens versuchen, einen anständigen Mann zu finden. Was soll ich denn sonst machen?"

Aber trotz aller Bemühungen fand sie weder eine Arbeit noch einen anständigen Mann.

Eines Abends brachte sie zum ersten Mal einen älteren Typen mit zu uns. Beide waren völlig betrunken. Ich versuchte alles, um so viel Abstand wie möglich zu ihnen zu halten. Aber unser *Shack* war einfach zu klein, so dass mich ihre Füße immer wieder berührten, während sie Sex miteinander hatten. Ich bin sicher, sie bemerkten mich überhaupt nicht.

Auch am folgenden Morgen ging ich zur Schule. Es war jedoch der erste Vormittag, an dem ich meine Tränen nicht zurückhalten konnte, als meine Lehrerin mich fragte, warum ich wieder so müde aussah.

✳ ✳ ✳

Dann jedoch entschied Mutter etwas, ohne mit mir auch nur darüber zu reden. Gut einen Monat später teilte sie mir schlicht mit: „Hier ist es nicht gut für dich, Mbu! Ich schicke dich zurück nach *Masizakhe* in Graaff Reinet. Ich habe hier einen Mann gefunden, bei dem ich wohnen kann, aber er hat auch eigene Kinder. Ich habe schon mit der alten Frau gesprochen, bei der Mavusi geblieben ist damals. Du kannst ebenfalls bei ihr bleiben. Erinnerst du dich noch an die Frau, die von allen *Gogo* genannt wird?"

Gogo bedeutet in *Xhosa* Oma, aber diese Frau war nicht wirklich unsere Großmutter. Sie gehörte zu einem der Familien-*Clans* vom Mutters Seite und war bekannt dafür, dass sie sich auch um Kinder kümmerte, die nicht ihre eigenen waren. Jeder wusste, dass sie streng war, und nur wenige trauten sich, ihr zu widersprechen.

Ich wusste nicht, dass mein geliebter Bruder noch immer bei ihr wohnte. Die Aussicht, Mutter zu verlassen und bei der alten Frau zu wohnen, behagte mir nicht. Aber dass ich Mavusi wiedersehen würde, freute mich schon.

„Weißt du noch, wer *Gogo* ist?", wiederholte Mutter ungeduldig.

„Ja", antwortete ich ohne weiteren Kommentar. „Aber wer bezahlt das Busticket?"

„Mein neuer Freund", sagte sie. Es war ihr anzumerken, dass sie nicht gerade stolz darauf war. So war das Leben nun mal. Mir tat leid, dass ich nicht einmal Abschied von meiner geliebten Lehrerin nehmen konnte – und auch den Zip-Zap-Zirkus versäumte, der wenig später hatte stattfinden sollen.

Ohne Gepäck brachte Mutter mich schon am folgenden Tag zu einem jener Busse, mit denen wir nur ein paar Monate eher gekommen waren. Sie passte auf, dass ich auch in den richtigen Bus einstieg. Dann ging sie weg, bevor der Bus abfuhr. Ich weinte nicht.

Während der Fahrt dachte ich darüber nach, ob Mavusi sich ebenso auf das Wiedersehen freuen würde wie ich.

Die beste Lehrerin von allen

Qyena titshalakazi oqwesileyo

Niemand wartete auf mich, als ich an der *Minibus*-Haltestelle am frühen Morgen in *Masizakhe* ankam. Aber ich war schon alt genug, den Weg zu Omas Haus allein zu finden. Sie hatte übrigens ein richtiges Steinhaus, nicht nur einen *Shack* wie die meisten anderen.

Es war Sonntag, und viele Leute schliefen noch. Die Tür des grün gestrichenen Hauses war verschlossen. Ich klopfte. Niemand reagierte. Ich klopfte erneut, jetzt zweimal und kräftiger. Jemand machte sich von innen am Türschloss zu schaffen.

Da ging die Tür einen Spalt auf, und Oma stand, noch im Bademantel, vor mir. Ihre Brille saß etwas schief auf der Nase, aber sie erkannte mich sofort: "Bist du schon da? Deine Mutter sagte am Telefon, du kommst erst morgen."

Ich wusste nicht, was ich antworten sollte. So fragte ich einfach: „Ist Mavusi da?"

Anstatt zu antworten, fragte sie: „Hast du gar kein Gepäck? Wir haben hier jetzt schon nicht genug Kleidung für alle, und

deine Mutter hat versprochen, ausreichend Zeug für dich mit-
zuschicken!"

Wieder wusste ich nicht, was ich sagen sollte. Erst jetzt fiel
mir auf, dass Mutter sogar meine Schuluniform behalten hatte,
vielleicht für eines der Kinder ihres neuen Freundes, was auch
einigermaßen Sinn machte, denn in *Masizakhe* haben die Uni-
formen andere Farben als in *Masiphumelele*.

Oma schien nicht wirklich auf eine Antwort von mir zu
warten. Sie winkte mich herein und schloss die Tür. Dann goss
sie etwas Milch in einen Becher und reichte ihn mir. Schließlich befahl sie mir: „Wasch dich erstmal ... in einer Stunde gehen
wir in die Kirche. Alle zusammen!"

Aber ich konnte einfach nicht länger warten. Ich wollte Mavusi sehen. Kaum war sie in ihrem Schlafzimmer verschwunden, schlüpfte ich aus der kleinen Toilette und öffnete die
nächste Tür. In dem Zimmer konnte ich zwei Betten erkennen,
in denen mehrere Jungen unterschiedlichen Alters schliefen.
Ich flüsterte: „Mavusi?"

Bevor ich näher an die Betten herantreten konnte, stand
schon Oma hinter mir und kommandierte: „*Vukani nonke* – alle
aufstehen! In einer Stunde geht's in die Kirche!"

Ich beobachtete gespannt, wie die Jungen aus den beiden
Betten krabbelten. Ich zählte sechs Jungen – und da auf einmal
war er!

„Mavusi!", rief ich voller Freude.

Erst jetzt hatte Mavusi mich auch bemerkt. Er reagierte viel ruhiger als ich, aber lächelte dann doch zumindest: „*Molo* – hey, Mann!“, sagte er und umarmte mich kurz.

Es tat so gut, ihn wiederzusehen. Wie dünn war er jedoch geworden! Noch mehr abgemagert als damals, als wir uns zuletzt gesehen hatten.

„Bist du krank, Mavusi?“, fragte ich ihn leise.

„*Hayi, man* – nein!“, antwortete er, gefolgt von einem Husten.

Kurz darauf waren alle Kinder klar zum Kirchgang. Zusammen waren es sieben Jungen, zwei Mädchen und noch eine ältere Schwester und eine erwachsene Tochter von *Gogo*. Wir gingen in einer Art Prozession zur Kirche und durften, da wir mit die ersten Besucher waren, ganz vorn sitzen.

Bisher hatte ich keine Gelegenheit gehabt, allein mit Mavusi zu sprechen. Und nun schien der Gottesdienst ewig zu dauern. Öfter blickte ich zu ihm hinüber, aber er schaute kaum zurück.

Irgendwann aber war der Pastor dann doch am Ende. Kaum waren wir draußen, lief ich zu Mavusi: „*Uphila njani* – how is your life, Mavusi?“

Aber er gab sich verschlossener als je zuvor. „*Ndiphilile* – mir geht's gut“, antwortete er. Aber ich sah ihm an, dass es nicht stimmte.

Er fragte mich nicht ein einziges Mal, wie es in all der Zeit mit Mutter in *iKapa* gewesen war.

***

Traurig musste ich feststellen, dass mein geliebter Bruder, mein Held, sich sehr verändert hatte in den vergangenen Monaten. Er schien niemandem mehr zu vertrauen, nicht einmal mir. Er hatte sich einigen älteren Jungen angeschlossen, mit denen er die meiste freie Zeit verbrachte. Anders als früher zeigte er mir deutlich, dass ich dabei nicht willkommen war. Meist spielten sie Fußball, ein paar rauchten auch heimlich.

Trotzdem gab ich nie die Hoffnung auf, dass einmal alles wie früher zwischen uns werden würde.

Auch wenn Oma streng war, selbst gegenüber ihrer erwachsenen Tochter, und keinerlei Unsinn erlaubte, gab sie sich doch alle Mühe, dass jeder von uns zur Schule ging. Bereits Montagmorgen machte sie mir klar: „Denk bloß nicht, dass du hier länger als die anderen schlafen kannst, Mbu! Ich kann dir jetzt nicht sofort eine neue Uniform besorgen. Aber ich kenne den Leiter der Grundschule, und so werde ich dafür sorgen, dass du noch heute beginnst."

Meine Freude war unübersehbar. Ich konnte weiter zur Schule!

„Freu dich nicht zu früh!", bemerkte Oma umgehend und mit ernstem Gesicht. „Wenn du nur einmal zu spät kommst oder deine Hausaufgaben vergisst, setzt es Prügel. Kapiert?"

Ich hörte auf zu lächeln, aber innerlich blieb ich doch froh.

Und war sicher, dass ich niemals zu spät kommen oder meine Hausaufgaben vergessen würde.

Während sie noch mit dem Schulleiter in dessen Büro redete, schaute ich mich um und sah, dass die Schule hier in *Masizakhe* viel größer und moderner war als damals in *Masiphumelele*, mit mehreren neuen Klassenräumen und sogar einer Turnhalle und einem Fußballfeld. Kurz darauf brachte mich ein älterer Schüler zu einem der kleineren Gebäude in der Nähe des Sportplatzes. „In welcher Klasse bist du?"

Voll Stolz sagte ich: „Erste Klasse!"

Er nickte nur und klopfte an eine der Türen.

„*Ngena* – komm rein!", sagte eine sanfte Frauenstimme von drinnen.

Der Schüler öffnete die Klassentür, und da sah ich sie zum ersten Mal – die beste Lehrerin in der ganzen Welt: Frau Naki!

* * *

Sicher gibt es auch fürchterliche Lehrerinnen und Lehrer.

Frau Naki jedoch war ein Engel: Sie war genauso jung wie meine Mutter und hatte die hübschesten Augen und volle Lippen. Ihre Wangen waren sanft geschwungen, und ihre Stimme klang wie Gospelmusik. Ihre Haare trug sie in traditionellem Stil mit eingeflochtenen Perlen.

Ich weiß, dass es komisch klingt, wenn dies jemand mit sieben sagt, aber es war Liebe auf den ersten Blick! Auch von ihr zu mir. Da war ich ganz sicher. Niemals schrie sie mich an. Ruhig erklärte sie mir alles, was ich bisher versäumt hatte, und nannte mich niemals dumm, wie Oma es so oft tat.

Dank Frau Naki lernte ich, Oma besser zu ertragen. Wann immer ich gekränkt war durch Omas raue Art und selbst wenn sie mich mit ihrem Gehstock schlug, dachte ich an Frau Naki. Ich dachte: Du kannst mich nicht zerbrechen, Oma, weil mich Frau Naki liebt. Du kannst mich nicht dumm halten, weil ich alles von ihr lernen werde.

Frau Naki sah, dass viele Kinder auch in *Masizakhe* hungrig zur Schule kamen. So beschloss sie eines Tages, Brötchen zu backen mit kleinen Stücken Hackfleisch darin. Wir nannten sie professionell: Hamburger!

Einige Kinder hatten Eltern mit Arbeit. Sie mussten für jeden Hamburger zwei *Rand* bezahlen. Meine Aufgabe wurde es, in der großen Pause beim Verkauf zu helfen. Es gab schon eine Schülergruppe, die dies tat, und als ich zu ihr gehörte, wurde ich einer der Besten. In einer Pause verkaufte ich siebenundfünfzig Hamburger und brach damit den Schulrekord, der bei einundfünfzig gelegen hatte.

An jenem Tag lud mich Frau Naki das erste Mal zu sich nach Hause ein. Ich konnte mein Glück kaum fassen! Aber würde Oma es jemals erlauben? Und wie schon so oft zuvor schien es erneut, als könne Frau Naki meine Gedanken lesen.

„Soll ich deine *Gogo* anrufen und um Erlaubnis fragen?"

Ich nickte und begann zu beten. Und das Wunder geschah.

„Sie ist einverstanden", sagte Frau Naki, nachdem sie telefoniert hatte. „Du sollst nur nicht später als sechs nach Hause kommen."

✻ ✻ ✻

Von diesem Tag an besuchte ich Frau Naki mindestens an drei Nachmittagen pro Woche.

Ich war gespannt auf ihre Familie. Niemals hatte sie etwas in der Schule verraten. Hatte sie Kinder? Einen Ehemann? Würden ihre Kinder eifersüchtig werden, wenn sie mich mitbrachte? Oder gar ihr Mann?

Frau Naki hatte weder Kinder, noch war sie verheiratet. Sie lebte in einem bescheidenen, aber gut versorgten kleinen Steinhaus – mit ihrem jüngeren Bruder und ihrer älteren Schwester. Beide waren ebenso nett wie sie.

Der jüngere Bruder Ayanda hatte gerade die Oberschule beendet, war aber arbeitslos. „Wir sparen gemeinsam für sein Studium", erklärte Frau Naki. „Eines Tages wird er ein Ingenieur sein!" Wozu die ältere Schwester mit dem Kopf nickte: „Und ich auch!"

An manchen Nachmittagen lief ich mit Ayanda nach Graaff Reinet, um dort bei verschiedenen Läden und Büros seine Bewerbungen abzugeben. „Ich kann doch nicht meine Schwestern alles allein machen lassen", sagte Ayanda. „Auch wenn es nur ein einfacher Job jetzt ist, macht nichts. Hauptsache, ich kann mithelfen beim Geldsammeln für mein Studium."

„Habt ihr keine Eltern?", fragte ich einmal Ayanda auf dem Rückweg ins *Township*.

„Nein", antwortete er. Dann blieb er lange still. Mir war klar, dass ich jetzt nicht weiterfragen durfte.

Als wir uns schon dem Eingang von *Masizakhe* näherten, blieb er plötzlich stehen und hielt mich an beiden Händen fest: „Unser Vater starb vor vielen Jahren an Aids und kurz danach auch unsere Mutter. Ich war etwa so alt wie du heute, unsere ältere Schwester war gerade dreizehn. Von da an hat sie uns allein aufgezogen. Bis wir alle einen Schulabschluss hatten."

„Ihr seid eine so gute Familie …", sagte ich tief berührt, während ich an meine eigene so zerrissene dachte. Meine Mutter lebte so weit weg in *iKapa*. Mein Bruder behandelte mich seit meiner Rückkehr wie einen Fremden. Und mein Vater? Irgendwo in Südafrika.

Ayanda sah, dass ich Tränen in den Augen hatte. „Du heulst jetzt nicht, Mbu, okay?"

„Nein, tue ich nicht", sagte ich entschlossen und zog den Rotz in der Nase hoch.

✳ ✳ ✳

Ich ging weiter zu Frau Naki, wann immer es möglich war. Ich nannte sie noch immer Frau Naki (auch wenn ich nun schon lange wusste, dass ihr Vorname Asethu war), während ich ihre Geschwister mit ihren Vornamen Ayanda und Andiswa ansprach.

Jeder hatte eigene Aufgaben in ihrer Familie. Ich war recht gut beim Schrubben des Flurs mit Mopp und Seifenwasser. Aber der Beste war ich im Polieren der rot gestrichenen *Stoep*. Ich machte es ganz allein und war so froh, wenn Frau Naki es sah und meinte: „Sieht aus wie frisch gestrichen, Mbu!"

Zum Schlafen war ich weiter immer zurück in Omas Haus. Auch das Frühstück mit allen anderen Kindern nahm ich dort ein. Nur an den Wochenenden erlaubte mir Oma nicht, Frau Naki zu besuchen. „Solange wie du hier wohnst, gehst du auch zur Kirche mit uns, Mbu!", erklärte sie, und ich hatte seitdem nicht gewagt, noch einmal zu fragen.

Am schlimmsten waren die Weihnachtsferien. Alle anderen Kinder durften zu Familienangehörigen heimgehen, nur Mavusi und ich hatten niemand. Wir mussten zusätzlich auch die Aufgaben der anderen übernehmen, wie beim Kochen und Abwaschen helfen, im Garten arbeiten und Wasser holen ... und auch dem Kirchgang am Sonntag konnten wir nicht entgehen.

„Ich möchte Mama besuchen, Mavusi!", sagte ich eines Abends zu ihm, als wir beide schon im Bett lagen, aber nicht einschlafen konnten.

„Ich nicht!", antwortete Mavusi und drehte mir den Rücken zu.

Er nahm jetzt regelmäßig Tabletten gegen seinen Husten, aber sie schienen nicht viel zu helfen.

Im zweiten Jahr rief Mutter zumindest einmal zu Weihnachten an. Ich durfte als Erster mit ihr reden: „Können wir zu Besuch kommen, Mama?"

„*Umyako olandelayo* – nächstes Jahr, mein Baby!", entgegnete sie, und ich wusste sofort, dass sie nicht nüchtern war.

Im darauffolgenden Jahr sagte sie dasselbe am Telefon. Mavusi wollte gar nicht erst mit ihr reden.

✳ ✳ ✳

Die Zeit verging, und ohne die regelmäßigen Besuche bei Frau Naki und ihren Geschwistern wäre mein Leben noch viel schwieriger gewesen. Wenn ich bei ihr war, fühlte ich mich nicht allein.

Aber dann, ich war inzwischen elf, beging ich eines Tages einen ernsten Fehler: Ich log Oma an. Immer hatte sie uns erklärt, dass sie uns zwei Dinge niemals vergeben würde: lügen und stehlen.

Aber ich war an jenem Sonntagmorgen einfach zu müde gewesen, um zur Kirche zu gehen. So hatte ich ihr erzählt: „*Mamela, Gogo* – hör zu, Oma: Frau Naki hat mich gebeten, ihr heute zu helfen, weil ihre Schwester sehr krank geworden ist."

„*Ntoni* – was? Kannst du mir sagen, welche Krankheit sie hat?"

„Sie hat hohes Fieber", log ich weiter.

Zum Glück rief sie nicht bei Frau Naki an, um meine Geschichte zu überprüfen.

Als ich bei Frau Naki eintraf, schaute sie mich überrascht, aber froh an: „Wie schön, dich an einem Sonntag zu sehen, Mbu! Hat Oma dir erlaubt zu kommen?"

Und wieder log ich: „Ja!"

Ansonsten wurde es ein wunderschöner Sonntag. Frau Naki, Ayanda und Andiswa beteten vor den Mahlzeiten, aber gingen nicht regelmäßig in die Kirche.

Am nächsten Wochenende erfand ich eine neue und noch verrücktere Geschichte: Ich berichtete von einem gebrochenen Wasserrohr in Frau Nakis Haus. Es hätte eine schwere Überschwemmung gegeben, und ich müsste helfen, Gräben im Garten zu schaufeln, damit das Wasser ablaufen könne.

Zu meiner Überraschung schaute mich Oma nur kurz an und sagte dann: „*Hamba* – geh schon, Mbu!"

Als ich bereits am Gartentor war, rief sie mich noch einmal zurück. Zögernd kehrte ich um.

Dann packte sie mich am linken Ohr und zog mich hoch, bis es richtig wehtat. Dabei sprach sie mit der gleichen kontrollierten Stimme wie zuvor: „Ich weiß, dass du ein Lügner bist! Ich wollte dich nur wissen lassen, dass ich Lügner sowieso nicht mit in die Kirche nehme!"

Tatsächlich ließ sie mich danach abziehen. Alle anderen Kinder schauten mich mit versteinerten Gesichtern an. Ich fragte mich, warum niemand anders probierte, ebenfalls dem Kirchgang zu entkommen.

Als ich Mavusi am Abend danach fragte, entgegnete er nur abweisend: „Mbu, denkst du immer, dass du jemand Besonderes bist?"

„Nein", antwortete ich ihm. „Aber *Gogo* ist nicht wie eine Mutter zu uns. Sie ist wie ein General beim Militär!"

Ich sah, dass er einfach nicht mit mir reden wollte. Es machte mich sehr traurig.

* * *

Ein weiteres Jahr verging. Inzwischen war ich zwölf, aber Geburtstage wurden nicht gefeiert bei Oma. Trotzdem hatte ich mich irgendwie an dieses Leben gewöhnt, so wie es war.

Ich war dankbar, dass ich weiter bei Frau Naki und ihren Geschwistern sein durfte. Und ich akzeptierte, dass ich nicht dauerhaft bei ihr wohnen konnte, denn Frau Naki war natürlich auch weiter unsere Lehrerin, und ganz sicher hätten andere Kinder das Gleiche gewollt. Ich genoss bereits große Sonderrechte mit meinen Besuchen.

Es war im Januar 2005, als etwas völlig Unerwartetes geschah. Wie immer waren alle Kinder schon in den Ferien, und Mavusi und ich hatten gerade mal wieder den üblichen Telefonanruf erhalten.

Einen Tag vorher hatte ich einer Nachbarin, einer jungen

Frau, die Zoleka heißt, erzählt, dass ich meine Mutter seit fünf Jahren nicht gesehen hätte. Ich hatte es nur so gesagt, weil sie gefragt hatte, ohne irgendeine Hoffnung. Als Zoleka es nun gegenüber Oma erwähnte, kam es zum Streit zwischen beiden.

„Warum erlaubst du den Kindern nicht, ihre Mutter zu sehen? Das ist grausam!", rief Zoleka mutig.

Und Oma feuerte zurück: „Welches Recht hast du, so mit mir zu reden? Kümmerst du dich etwa um andere Kinder? Mbus Mutter hat noch nicht mal Geld für ein Busticket gesandt. Soll ich das etwa auch noch bezahlen?"

Doch Zoleka hatte es nun einmal für mich aufgenommen: „Niemals sagst du etwas Nettes über Mbu. Immer nur Gemecker. Warum lässt du ihn nicht selbst entscheiden? Er ist doch kein Baby mehr!"

Plötzlich schaute Oma mich an: „Willst du deine Mutter sehen, Mbu?"

Ich nickte. Einen Moment später packte mich Oma am Arm und schubste mich zurück ins Haus: „*Ngoku* – jetzt sofort: Pack deine Sachen und verschwinde! Ich bringe dich sofort zum Bus!"

Zoleka schaute verwundert in unsere Richtung. Was sollte das nun? Mavusi schüttelte den Kopf und ging ohne ein weiteres Wort in sein Zimmer.

Aber ich wollte mich wenigstens von Frau Naki, Ayanda und Andiswa verabschieden. Doch Oma ließ mich nirgendwo mehr hin: „Ich sage ihr morgen Bescheid. Sie hat genug Zeit mit dir die letzten fünf Jahre verbracht."

Kurz darauf verließen wir das Haus, und sie achtete darauf, dass ich immer genau vor ihr lief. Bei der Haltestelle verhandelte sie eine Weile mit einem der Busfahrer, wobei sie mich keine Sekunde aus dem Blick ließ.

Schließlich mussten wir noch eine Stunde bis zur Abfahrt warten. Keiner von uns sprach ein Wort.

Schließlich kletterte ich mit vielen anderen Passagieren in den Bus, der sich rasch füllte. Oma beobachtete mich weiter, aber winkte nicht, als der Bus sich endlich in Bewegung setzte.

Noch vor der Hauptstraße rief der Fahrer so laut zu mir, dass alle es hören konnten: „In Kapstadt muss deine Mutter für deine Reise bezahlen, nur damit dir das klar ist!"

Ich schaute zu Boden und antwortete nicht. Wie würde mich Mutter nach so langer Zeit begrüßen?

Meine Freunde Yamkela und Atie

Abahlobo bam uYamkela noAtie

Als der Minibus in die Einfahrt zum Township *Masiphumelele* fuhr, sah das meiste auf den ersten Blick unverändert aus. Erst beim näheren Betrachten fiel mir auf, dass es mehr asphaltierte Straßen und Steinhäuser gab und die meisten Straßen sogar richtige Schilder und Laternen hatten.

„Wo ist denn deine Mutter, um den Fahrschein zu bezahlen?", fragte der Fahrer in einem unfreundlichen Ton, nachdem die meisten anderen den Bus bereits verlassen hatten. Ich hatte keine Ahnung und wusste nicht mal, wo sie jetzt überhaupt wohnte. Immerhin hatte Oma mir einen Zettel mit einer darauf notierten Handynummer gegeben: „Von ihrem neuen Freund oder was immer der ist …"

Ich bat den Fahrer, die Nummer zu wählen. „Sie ist schon unterwegs", brummte er einen Moment später, offensichtlich müde von der langen Fahrt durch die Nacht.

Und plötzlich stand sie vor uns: Sie wirkte wesentlich älter und auch kleiner als in meiner Erinnerung. Oder kam das nur daher, dass ich so viel gewachsen war?

„*Goh* – was für ein großer Junge bist du geworden, Mbu!", rief sie und umarmte mich kurz. Trotz der langen Trennung und ihrem Desinteresse an Mavusis und meinem Leben über all die Jahre war ich jetzt froh, sie wiederzusehen. Schließlich war sie meine Mutter. Ich dachte an Frau Naki und ihre Geschwister. Immerhin hatte ich noch eine Mutter.

„*Molo* – hallo Mama!", antwortete ich und gab ihr einen vorsichtigen Kuss auf die Wange.

Ich blieb nervös, ob sie den Fahrer bezahlen konnte. Aber da zog sie auch schon ein paar Geldscheine aus ihrer Tasche und gab sie dem Mann: „*Enkos' bhuti* – danke, dass Sie meinen Jungen heimgebracht haben!"

Ich konnte kaum abwarten, ihr Zuhause zu sehen. Allein von ihrem offensichtlich relativ neuen Kleid her zu urteilen, ging es ihr besser als damals. „Ich habe eine feste Anstellung in einer Fabrik mit Milchprodukten", sagte sie mir zufrieden. „Ich verpacke Joghurtbecher am Fließband."

Nach einer Weile bogen wir von der Hauptstraße ab und gingen in einen kleinen Hof, an dessen Vorderseite ein Steinhaus stand und dahinter mehrere einfache *Shacks*. Wir gingen an dem Steinhaus vorbei zu einem der ärmlich aussehenden *Shacks* weiter hinten. Von drinnen hörte ich ein kleines Kind heulen. Für einen Augenblick erlebte ich einen Erinnerungsblitz – und es fühlte sich an, als wäre ich der allein gelassene Kleine.

Ich schüttelte sofort meinen Kopf, wie um den Traum zu verjagen. Mutter erklärte: „Das ist Anam, deine kleine Halbschwester. Sie hatte gerade ihren ersten Geburtstag!" Endlich hatte sie die Holztür entriegelt, und wir gingen in das kleine *Shack*, das wie die meisten anderen auch aus Pappe, Holzplatten und einer Plastikplane als Dach gezimmert war.

Drinnen war es dunkel und roch nach schmutzigen Windeln. Als sich meine Augen an das Dämmerlicht gewöhnt hatten, sah ich, dass in dem *Shack* gerade mal ein großes Bett und ein kleiner Schrank standen. Der Boden war bedeckt mit einem grauen Teppich, der alle sonstigen Farben verloren hatte.

„Es ist so gut für Anam, dass du hier bist!", meinte Mutter, und tatsächlich hörte Anam auf zu weinen und schenkte mir ein herrliches zahnloses Lächeln. „Sie hat schon zwei Zähne oben", widersprach Mutter freundlich, und wie zum Beweis riss Anam ihren kleinen Mund mit einem glucksenden Lachen noch ein Stück weiter auf.

„Ich habe Brot und *Polony* für dich gekauft, Mbu!", fuhr Mutter fort und reichte mir eine Plastiktüte. „Bitte gib Anam in etwa einer Stunde ihre Flasche ... hier findest du Milchpulver."

Bevor ich noch weiterfragen konnte, zog sie einen blauen Arbeitskittel über und reichte mir einen Schlüssel: „Ich bin am frühen Abend zurück. Es kann sein, dass Anams Vater vor mir heimkommt, da er heute Tagesschicht hat."

Da saß ich nun mit meiner kleinen Halbschwester. Ich stand auf und ging erst einmal zur einzigen Toilette im Hof und wusch mir danach unter dem Wasserhahn daneben die Hände. Ich zählte fünf *Shacks* in diesem Hof. Anam war zur Tür gekrabbelt und ließ mich nicht aus den Augen.

Dann bereitete ich ihr eine Milchflasche mit Pulver und kaltem Wasser. Sie begann sofort unbeschwert zu trinken, obwohl sich das Pulver nur halb auflösen ließ. Ich war einfach zu müde, um mehr zu erkunden, nahm sie mit hinein und verschloss die Tür von innen. Ich warf mich aufs Bett mit aller Kleidung an. Anam krabbelte neben mir auf dem Bett eine Weile hin und her und kuschelte sich schließlich an meinen Bauch.

Kurz darauf fielen wir beide in Schlaf.

＊ ＊ ＊

Die Erinnerungsblitze an mein früheres Leben waren noch nicht vorbei. Ich bekam schreckliche Träume von gewalttätigen Leuten, die gegen die Wände eines kleinen Zimmers schlugen, in das ich eingesperrt war. Sie brüllten: „*Siyakubetha* – wir schlagen dich, wir kriegen dich!"

Ich bemühte mich zu entkommen, aber jemand hatte starke Seile um meine Arme und Beine geschlungen, die mich daran hinderten. Ich war nackt wie ein Baby, obwohl ich gleichzeitig den Körper eines kräftigen zwölfjährigen Jungen hatte. Ich war groß und stark, aber ich schrie um Hilfe, so laut ich nur konnte, und meine Schreie hallten wie ein Echo hundertfach zurück ... Schweiß lief über meinen Körper ... eine furchtbare

Panik hatte von mir Besitz ergriffen. *Ndicede ... ndiceeeeede ...* –
Hilfe, Hiiiiilfe!

Erst jetzt erwachte ich. Tatsächlich schwitzte ich entsetz-
lich, und neben mir schrie Anam aus Leibeskräften. Und ich
war in einem dunklen Raum, und jemand schlug gegen die Tür.
„*Vula ngoku* – mach sofort auf!", rief eine Männerstimme streng
von draußen.

Ich sprang vom Bett und entriegelte eilig die Tür: „*Uxolo* –
Entschuldigung!", murmelte ich, während ich herauszufinden
versuchte, wer der Mann war. Anams Vater?

„*Hayi* – niemals darfst du das Haus von innen abschließen!",
schimpfte er, ohne sich vorzustellen. „Das ist mein Haus. Ich
bin der Einzige, der es von innen absperren darf!"

Dann schaute er mich skeptisch an: „Bist du Mbu?"

Ich nickte unsicher. „Und du bist der Vater von Anam?"

„Ich bin der Mann deiner Mutter", erklärte er. „Mein Name
ist Siya." Dann schüttelten wir einander die Hand, wie erwachsene Männer es tun.

Er war ungefähr Ende dreißig oder Anfang vierzig. Ich wunderte mich, warum sie so ärmlich wohnten, wenn doch beide
einer festen Arbeit nachzugehen schienen. Aber ich wagte
nicht zu fragen.

Kurz darauf öffnete er eine Tür des kleinen Schrankes und
bereitete sich ein belegtes Brot. Neben dem Laib Brot standen
mehrere große Literbierflaschen. Er bot mir nichts an. Ich blieb
still. Ich wollte lieber warten, bis Mutter nach Hause kam.

Da nicht viel Raum in dem *Shack* war, hatte ich mich draußen auf eine leere Kiste gesetzt. Anams Vater hockte am Ende des Bettes und aß. Danach wärmte er auf einem kleinen Paraffinkocher Wasser auf und machte Anam eine zweite Flasche.

Es wurde bereits dunkel, als Mutter endlich von der Arbeit heimkehrte. Sie hatte zwei Flaschen mit frischer Milch bei sich sowie eine große Dose mit Hühnersuppe.

Wenig später aßen wir die aufgewärmte Suppe, und Mutter und Siya tranken jeder eine Flasche Bier. Als er bereits eine zweite ausgetrunken hatte und gerade eine dritte Flasche öffnen wollte, sagte Mutter leise zu ihm: „Nicht heute Abend, bitte! Es ist seine erste Nacht bei uns."

Der Kerl, der sich selbst als Mann meiner Mutter bezeichnet hatte, schaute irritiert, stellte dann aber doch die letzte Flasche zurück in den Schrank.

Dann bereitete Mutter das Bett für die Nacht. Ich war gespannt, wo ich schlafen sollte. Mehrfach schaute Mutter schweigend zu Siya, doch der schüttelte jedes Mal den Kopf. Schließlich nahm Mutter eine der Decken und legte sie auf den Boden neben das Bett: „Du musst auf der Erde schlafen, Mbu ... wenn es zu kalt wird, kannst du noch eine zweite Decke haben."

Ich hätte nicht so lange tagsüber schlafen sollen, denn ich war nun hellwach. Zuerst fiel die kleine Anam in den Schlaf, dann hörte ich das tiefe Schnarchen des Mannes und schließlich auch Mutters regelmäßiges Atmen. Von draußen kamen noch lange alle möglichen Geräusche: bellende Hunde, brüllende Männer aus einer nahen *Shebeen*, das mehrfache Hupen eines Autos in der Ferne. Ich wollte nicht einschlafen aus Angst, die schlimmen Träume könnten zurückkommen.

Der Teppich hatte einen unangenehmen Geruch und war feucht nahe der Wand.

* * *

Ich zählte die Tage, bis endlich die Schule beginnen würde. Inzwischen war ich in der fünften Klasse und dank Frau Nakis gutem Unterricht ziemlich sicher in allen Fächern. Außer der Arbeit in der Fabrik hatte Mutter noch ein paar kleine Jobs in der Nachbarschaft. So wusch sie zum Beispiel für manche Nachbarn gegen ein Taschengeld die Wäsche. Kurz vor dem Ferienende brachte sie von einer Nachbarin eine gebrauchte Schuluniform mit, die nur wenig zu groß war.

„In ein paar Monaten passt sie dir perfekt", sagte sie. Ich war froh, dass sie daran gedacht hatte.

Inzwischen war ich gut zwei Wochen zurück und hatte angefangen, mich daran zu gewöhnen, dass meine Mutter und dieser Mann jeden Abend tranken. In der Regel gingen sie nicht schlafen, bevor sie völlig zu waren. Manchmal gesellten sich auch andere Nachbarn dazu, und es wurde gemeinsam getrunken. Wenn es kein Bier oder keinen Schnaps mehr gab, zogen sie mit anderen in eine der nahen *Shebeens*.

Zuweilen dachte ich, dass Siya meine Anwesenheit nur duldete, weil ich mich um Anam kümmerte, wenn sie nicht da waren. Meist brachte ich sie abends zu Bett und gab ihr die letzte Flasche vorm Einschlafen. Anam war ein lieber kleiner Mensch ... sie konnte strahlen wie ein Stern am Himmel. Ich versuchte zu verstehen, wieso sie fast immer lachte, während ich in ihrem Alter meist geheult hatte.

✱ ✱ ✱

Bereits an meinem ersten Tag zurück in der *Ukhanyo*-Grundschule war ich beeindruckt, dass es inzwischen ein großes gelb gestrichenes Gebäude gab mit richtigen Klassenzimmern und einem riesigen Schulhof. Der Schulleiter, Herr Thyali, trug immer ein gebügeltes Hemd und einen Schlips, und die Woche startete mit einer Schulversammlung aller Kinder und einem gemeinsamen Gebet. Hunderte von Schülerinnen und Schülern standen dann in Reihen nebeneinander und hielten die Köpfe gebeugt und die Augen geschlossen.

Danach marschierten wir je nach Altersgruppen in die Klassen. Mein Lehrer war Herr Honono, einer der älteren. Natürlich vermisste ich Frau Naki, aber ich muss zugeben, dass auch dieser Lehrer sich Mühe gab. In Wirtschaftslehre brachte er uns zum Beispiel bei, wie man sparen könne und dass es immer schlecht sei, Schulden zu machen. „Kaufe nur mit dem Geld, das du hast", sagte er. „Alles andere bedeutet Ärger!"

In Lebenskunde redete er über gesunde Ernährung. „Esst nicht Fast Food wie Pommes oder Hot Dogs oder Weißbrot. Das macht schlapp. Um stark zu werden, müsst ihr dunkles Brot essen." Und dann packte er sein Pausenbrot aus, und wir konnten alle sehen – tatsächlich: dunkles Brot! Nur manchmal, wenn er müde war und einige von uns waren zu wild, dann befahl er die Schuldigen nach vorn und schlug uns mit einem Plastikohr auf die Finger. Niemand beschwerte sich darüber. Die meisten von uns wurden daheim viel mehr geprügelt.

Erst hier bekam ich auch Spaß am Fußball. Mavusi hatte mich nie mitspielen lassen. Nun wurde ich im Laufe der Zeit richtig gut im Mittelfeld. Das Beste am Fußball aber wurde mein neuer Freund Yamkela. Er spielte in derselben Schulmannschaft. Niemals entstand Eifersucht zwischen uns. Er gab den Ball so oft ab, wie er nur konnte, und ich machte es genauso für ihn. Oft teilte er auch sein Pausenbrot mit mir, da ich meist nichts mithatte.

Seit wir richtige Freunde waren, verbrachten wir auch mehr und mehr Nachmittage zusammen. Es störte ihn nie, wenn ich die kleine Anam mitbrachte. Er wusste, dass Mutter und dieser Mann beinah jeden Abend betrunken waren. Eines Abends lud mich Siya ein, mitzutrinken: „Willst du mal ein richtiger Mann werden? Dann musst du früh lernen, einen kräftigen Schluck zu vertragen."

Mutter sagte nichts. Ich nahm eine halb volle Bierflasche und trank den Rest in einem Schluck aus. Diese Flasche war direkt aus der Kneipe und angenehm kalt. Ich war ungefähr vierzehn damals.

* * *

Ab diesem Abend begann ich selbst, regelmäßig zu trinken. Meist, wenn Mutter und dieser Mann schon schliefen, leerte ich alle Reste aus den herumliegenden Flaschen. Ich muss zugeben, dass es auch gegen Hunger half.

Leider wurde bei uns im Hof nicht nur getrunken. Einige der Nachbarn, sowohl Männer als auch Frauen, begannen regelmäßig zu pöbeln, wenn sie einen über den Durst getrunken hatten. Dann fingen sie an, über alles zu streiten – über Geld, über Essen, über Schnaps und Bier und zuweilen auch darüber, wer mit wem was im Bett angefangen hatte.

Eines Abends beschuldigte Siya einen anderen Mann, dass er Mutter angegrapscht hätte, als er noch bei der Arbeit war. Der Mann schrie sofort zurück: „Deine Frau ist eine Hure, jedem zeigt ihre dicken Brüste! Du musst ihr beibringen, was sich gehört, nicht mir!"

Mutter begann zu heulen, und Siya schnappte sich eine Flasche und schlug sie dem anderen ohne weitere Vorwarnung auf den Kopf. Da sie noch ziemlich voll gewesen war, verfehlte sie ihre Wirkung nicht: Er kippte augenblicklich um. Eigenartigerweise schaute niemand nach dem am Boden Liegenden.

„Der hat eine Birne aus Stein!", lachte Siya, und die meisten anderen stimmten in grölendem Gelächter zu.

Es war das erste Mal, dass ich, nachdem ich noch kurz nach Anam geschaut hatte, die trotz allen Lärms tief schlief, abhaute, in die Nacht hinein, ohne ein klares Ziel. Ich lief einfach immer gerade aus, bis ich an den Rand des sogenannten Moorlandes kam, wo trotz des feuchten Bodens zwar nach wie vor viele *Shacks* standen, aber keine Laternen oder Straßen, auch keine Toiletten oder Wasseranschlüsse mehr waren. Hier kehrte ich um und merkte erst nach einer Weile, dass ich in Kreisen gegangen war. Alles war besser, als an den Ort des dauernden Schreiens und Saufens zurückzukehren.

Erst als jemand meinen Namen rief, fiel mir auf, in welcher Straße ich gelandet war. „Mbu?"

Es war Yamkela, der meinen Namen rief. Er stand vor dem kleinen Steinhaus, das er allein mit seiner Mutter bewohnte, und nur ein Lichtstrahl aus dem Haus ließ seine Umrisse erkennen. Es beschämte mich, dass er mich so sah, und bestimmt konnte jeder riechen, dass ich schon einiges an Bier getrunken hatte.

„*Ngena* – komm rein, Mbu!", rief er und schloss die Tür hinter uns. Ohne eine weiteres Wort öffnete er den Kühlschrank und gab mir Reste von ihrem Abendessen – ein Stück richtiges Brathuhn und Kartoffelsalat. Was für ein Geschmack! Ich aß viel zu schnell und leckte mir danach die Finger einzeln ab.

„*Enkos'* – danke, Yamkela!" Dann schaute ich mich nach seiner Mutter um. „Schläft sie schon?"

Er schüttelte den Kopf: „Sie hat Nachtschicht im Altenheim ... zur Zeit drei bis vier Nächte pro Woche."

Ich fand, dass ich seine Freundlichkeit nicht noch mehr ausnutzen durfte. Ich stand auf und dankte ihm.

Als ich schon an der Tür war, schlug er vor: „Warum bleibst du nicht hier heute Nacht?"

Was für ein großzügiges Angebot. „Aber deine Mutter, Yamkela?", fragte ich. „Sie weiß, dass du mein Freund bist!", entgegnete er und verriegelte die Tür zweimal von innen.

✳ ✳ ✳

Ab jenem Abend übernachtete ich mindestens zwei Nächte jede Woche bei Yamkela. Wenn seine Mutter da war, begrüßte sie mich immer freundlich und sagte einmal sogar: „Ich bin froh zu wissen, dass mein Sohn nicht allein ist!" Immer hob Yamkela mir etwas zu essen auf.

Sie hatten sogar einen Fernseher, und wir durften alles anschauen, ohne jede Altersbegrenzung. Komischerweise mochten wir beide die Knallerkrimis nicht, mit all dem Mord und Totschlag. Wovon wir nicht genug bekommen konnten, waren die sogenannten Softpornos spät in der Nacht ... wo hübsche Mädchen und Frauen Liebe mit Männern machten und dazu immer irgendwelche unglaubwürdigen Geschichten.

Das mochten wir. Aber wir redeten sonst mit niemandem darüber.

Als ich nach der ersten Nacht bei Yamkela morgens heimkam, sagten weder Mutter noch Siya ein Wort. Es schien, als ob sie eher ganz zufrieden waren, als ich berichtete, dass ich bei einem Freund übernachtet hätte. Vielleicht waren sie auch erleichtert über das bisschen mehr Raum ohne mich.

So ging es weiter für mehr als ein Jahr, bis ich meinen zweiten besten Freund traf – Atie. Atie war etwa zwei Jahre jünger als ich, und ich hatte von ihm schon gehört, bevor ich ihn das erste Mal sah: Atie – der mit der großen Klappe!

Atie war ein typischer Straßenjunge. Aber ein ganz pfiffiger. Ein Überlebenskünstler. Wenn ich traurig war, lachte Atie. Wenn ich wütend wurde und keinen Ton herausbrachte, schrie Atie erst richtig los. Wenn ich weglaufen wollte, ging Atie zum Angriff über, ganz egal, wie stark der andere sein mochte. Obwohl er jünger war, sah man es kaum, da er kräftig gebaut war und fast so groß wie ich.

Was ich damals noch nicht wusste: Hatte dich Atie einmal zum Freund erkoren, würde er dich niemals, wirklich niemals, im Stich lassen. Sein eigenes Leben war ihm oft egal. Aber das Leben allgemein interessierte ihn wie verrückt.

„*Yonwabele* – viel Spaß!", sagte er zum Beispiel, wenn wir einen ganzen Nachmittag Altmetall vom Müllberg gesammelt oder aus kaputten Waschmaschinen und Kühlschränken von Nachbarn abmontiert hatten. Wir brachten es dann zu einem

Händler, der uns für zwei volle schwere Eimer gerade mal ein paar *Rand* in die Hand drückte. „Viel Spaß!", rief er, und wir kauften uns dann eine kalte Cola oder eine Tüte Chips. Wir teilten einfach alles.

Ungefähr zu der Zeit wurde Mutter erneut schwanger. Sie musste ihre Arbeit in der Fabrik aufgeben und blieb nun meist zu Hause, weil sie sich oft auch nicht wohlfühlte. Eines Abends saß ich mit Mutter und Anam im Hof, als Atie vorbeikam, um mich abzuholen zu dem, was er unseren „Gang" nannte. Ein Gang durchs *Township* bedeutet für ihn Ausschau zu halten nach Abenteuern, nach Spaß, nach jeder Art von Spannung, so bescheiden das auch sein mochte. Oder um einfach einander die neuesten Witze zu erzählen.

An jenem Abend war einer unsrer Nachbarn schon ziemlich voll, und Siya war noch nicht zurück von der Arbeit. Die meisten trafen gerade erst ein. Dieser betrunkene Mann nun war sehr unhöflich gegenüber Mutter und fragte sie plötzlich lauthals, ob sie überhaupt sicher wüsste, dass Siya der Vater ihres ungeborenen Kindes sei. Atie sah, wie sehr dies meine Mutter verletzte, obwohl sie still blieb. Ich bekam kein Wort heraus. Atie jedoch schnauzte ihn an: „Hey, Alter, putz dir erstmal deine schmutzigen Zähne, bevor du mit einer Frau redest!"

Alle anderen lachten laut. Hier war dieser große betrunkene Kerl mit offenem Mund und wusste keine Antwort gegenüber dem furchtlosen Jungen.

„Bist du bereit für unseren Gang?", fragte mich Atie.

Ja, ich war bereit. Ich konnte mir zu der Zeit nicht vorstellen, dass es eines Tages einen letzten Gang für Atie geben würde.

Vater: Wo bist du?

Tata: Uphi?

Natürlich hatte auch Atie Eltern. Ich hatte keine Ahnung, wo seine Mutter war, und ich war mir nicht sicher, ob Atie es wusste. Aber immerhin hatte er einen Vater, der in einem *Shack* in der Masonwabe-Straße wohnte mit seiner Stiefmutter und seinem wesentlich jüngeren Halbbruder Malibongwe. Ab und zu verschwand sein Vater nach Capricorn, in ein gemischtes *Township* mit farbigen und schwarzen Bewohnern, das *Vrygrond* heißt. Vielleicht hatte er auch dort eine Familie?

Familien, Familien, Familien. Ehrlich, ich weiß nicht genau, was eine Familie ist. Manche sagen: Das ist Vater, Mutter und Kinder. Aber ich kenne kaum eine solche Familie. Ich kenne Erwachsene, die sich von einem ihrer Partner getrennt hatten und von da an mit einer halben Familie hier und einer halben Familie dort lebten – und möglicherweise noch mit einer Viertelfamilie woanders. Immer das Gleiche: Wenn ein Mann eine Frau trifft oder eine Frau einen Mann, dann geht es damit los, dass sie Sex miteinander haben. Manchmal nennen sie es auch Liebe.

Einige ziehen auch zusammen und tun eine Weile so, als wären sie glücklich. Du kannst auf den Tag warten, an dem sie den ersten Streit haben. Der nächste Schritt: Sie schreien sich an. Sie kämpfen. Zuweilen werfen sie sich auch Gegenstände an den Kopf. Manchmal schlägt der Mann die Frau. Manchmal betrügt die Frau den Mann mit einem anderen Mann. Wenn Männer mit anderen Frauen Sex haben, wird es nicht Betrug genannt. Wenn Männer Babys zeugen mit anderen Frauen, kümmern sie sich meist nicht um diese Kinder. Sie kümmern sich eigentlich um gar nichts, nicht um die Frauen, nicht um sich selbst und schon gar nicht um Aids. Darum siehst du so viele Mütter mit Kindern ohne Väter. Macht das alles irgendeinen Sinn?

Die beste Familie, die ich jemals erlebt habe, ist, was heute in Südafrika ein „kindgeführter Haushalt" heißt: Frau Naki und ihre Geschwister, die sich gegenseitig ohne Eltern aufzogen, seit die älteste Schwester gerade dreizehn war. Die zweitbeste Familie ist ein kleines Kinderhaus mit netten Erzieherinnen und Erziehern, alle eher jung und alle aus *Masiphumelele*. Sie kümmern sich um die Kids, die sonst keine Eltern mehr haben. Von diesem Haus erzähle ich später noch mehr.

Damals wussten Atie und ich echt nicht, was eine Familie ist. Wir hatten nicht vor, jemals zu heiraten und Kinder zu zeugen, obwohl, klar, da ist die Herausforderung, dass es ziemlich viele hübsche Mädchen gibt. Aber könnte man nicht einfach gut befreundet mit ihnen sein? Keine Ahnung. Und ja, gern auch Sex, wenn wir nur etwas älter sein würden.

Aber diese Geschichte, die viele Liebe nennen, oder gar eine Familie haben in der Zukunft? Lieber nicht. Einmal sagte Atie zu mir: „Wüsste zu gern, wie weiße Mädchen im Bett sind. Vielleicht ist alles leichter mit ihnen?"

So war Atie nun einmal, sorry. Und natürlich interessierte ihn immer die Entdeckung von etwas Neuem. Er liebte jede Herausforderung.

Zur jener Zeit war es für uns auch kein Problem, dass sich sein Vater und seine Stiefmutter gerade erneut getrennt hatten nach heftigen Streitereien – und Aties Vater wieder die meiste Zeit in *Vrygrond* war.

Neben ihrem *Shack* gab es nämlich einen alten leer stehenden Wohnwagen. „Das wird unser Haus, wenn Vater weg ist!", schlug Atie eines Abends vor. Und wir machten uns daran, die Löcher im Dach mit Plastiktüten zu flicken. Als Basiseinrichtung fanden wir allerlei Kram auf der Müllhalde.

Aber denke jetzt nicht, dass unser Wohnwagen hässlich gewesen wäre oder gar gestunken hätte. Unser Wohnwagen war einer der besten! Bevor wir etwas mit hineinnahmen, wurde es mit Seife abgeschrubbt und dann in der Sonne getrocknet. Am Ende fehlte kaum noch etwas – wir besaßen eine Matratze, einen kleinen Schrank, sogar einen Tisch.

Als Höhepunkt schaffte Atie es, ein illegales Kabel von einer anderen illegalen Stromleitung zu uns zu legen – und von da an hatten wir selbst kostenlos Elektrizität. Das bedeutete: Licht, Musik, einen alten Computer und sogar einen uralten

Schwarz-Weiß-Fernseher. Unser Wohnwagen war hundertmal besser als Mutters *Shack*.

Obwohl ich Anam vermisste, zog ich nun auf Dauer von Mutter und Siya weg. Es war gut, dass zu der Zeit auch Tante Nompumelelo aus dem Ostkap im Hof von Mutter ein kleines *Shack* bezog und sich um die Kleinen kümmerte, wenn Mutter und dieser Mann nicht da waren. Ich hatte nämlich inzwischen einen neuen Halbbruder bekommen – Aphelele. So ein zarter kleiner Kerl, er weinte immer, wie ich, als ich klein war.

* * *

Es war zu der Zeit, als Atie mich einmal fragte: „Was ist eigentlich aus deinem Vater geworden? Ich meine deinen richtigen *Tata*, der dich gezeugt hat, nicht diesen Stiefvater."

„Gute Frage!", entgegnete ich. Zum letzten Mal hatte ich ihn gesehen, als ich im Kindergartenalter war. Mutter sprach nie mehr von ihm, schon gar nicht, seit sie mit Siya zusammen war.

Was für ein Mann war mein Vater? Vielleicht hatte es nur an meiner Mutter und ihrer Trinkerei gelegen? Ob er auch ein Trinker war? Oder hatte er einfach genug von ihr und deshalb woanders eine neue Familie gegründet? Aber warum hatte er dann niemals Kontakt aufgenommen zu mir und Mavusi? Ich wusste sicher, dass auch Mavusi keine Ahnung hatte, wo Vater geblieben war.

Trotzdem ließ mich Aties Frage nicht mehr los. Ich fing an

zu träumen und stellte mir vor, dass mein Vater vielleicht doch ab und zu an uns dachte. Möglicherweise vermisste er seinen Sohn – mich – sogar? Wer weiß, eventuell war er ähnlich gut in der Schule gewesen wie ich und hatte jetzt irgendwo einen Superjob? Es konnte doch sein, dass er in einem schönen Haus wohnte und nur darauf wartete, dass ich den Kontakt zu ihm suchen würde?

Es verging fast eine Woche, bis sich eine Möglichkeit ergab, Mutter nach ihm zu fragen, ohne dass Siya dabei war.

Sofort war sie verärgert: „*Haybo* – niemals hat er auch nur einen Cent Unterhalt bezahlt in all den Jahren. Woher soll ich da seine Anschrift haben?"

„Aber warum ist er vor so vielen Jahren einfach abgehauen und nie wiedergekommen?", beharrte ich.

„Woher soll ich das wissen? Er ist einfach verschwunden ... ohne ein Wort!"

Dann aber brachte ich sie erst richtig auf: „Vielleicht, weil du auch damals schon so viel getrunken hast?"

Jetzt stemmte sie beide Hände in die Hüften und rief so laut, dass es alle Nachbarn hören konnten: „Wer bist du, dass du so mit mir reden darfst? Habe ich mich nicht immer um dich gekümmert?"

Als ich nichts antwortete, fügte sie hinzu: „Geh und sieh selbst zu, wie du deinen wunderbaren Vater findest!" Danach schmiss sie die Tür unseres *Shack* vor meiner Nase zu.

Ich dachte nur: Das ist genau, was ich tun werde. Aber wo beginnen?

* * *

Während ich langsam den Hof verließ, bemerkte ich Tante Nompumelelo, die unsere Auseinandersetzung durch einen Spalt mitgehört hatte und mich jetzt zu sich winkte. Tatsächlich war sie eine der Schwestern meines Vaters.

„Mbu", sagte sie leise, als ich in ihrem *Shack* stand, „ich weiß auch nicht genau, wo mein Bruder heute wohnt, aber ich erinnere mich, wie er vor einigen Jahren in *Gugulethu* mit einer neuen Familie angefangen hat. Dort lebt auch eine andere Schwester von uns. Aber, ehrlich, ich selbst habe ihn seit Jahren nicht gesehen. Immerhin habe ich noch die damalige Anschrift in *Gugs*, in einer Straße, die *NY 12* heißt. Warum versuchst du es nicht mal dort?"

Gugulethu (oder auch *Gugs* genannt) ist eines der größten *Townships* um Kapstadt mit ein paar Hunderttausend Bewohnern. Immerhin wusste Tante Nompumelelo einen Straßennamen, auch wenn sie die Hausnummer vergessen hatte. Das war ein Anfang.

Und sie hatte noch eine Überraschung für mich: „Weißt du was, Mbu? Ich hoffte immer darauf, dass du mal nach deinem Vater fragen würdest. Ich habe etwas Geld bewahrt für diesen Moment."

Sie öffnete eine Schublade in einem niedrigen Schrank.

„Hier, Mbu", sie reichte mir einen Fünfzig-*Rand*-Schein. „Das müsste für einen Minibus nach *Gugs* reichen. Frag einfach den Fahrer, wo die *NY 12* ist."

„*Enkos' kakhulu, Makazi* – vielen Dank, Tante! Ich werde ihn finden, ich verspreche es dir!"

Ich brauchte nur wenige Tage, bis alles vorbereitet war. Jeden Abend schloss ich mein Gebet ab mit der Bitte an Gott, mir zu helfen, Vater zu finden. Jeden Tag wuchs meine Zuversicht, dass er sich freuen würde, mich zu sehen. Er würde stolz auf mich sein. Vielleicht könnte ich sogar bei ihm bleiben? Möglicherweise würde sich mein ganzes Leben für immer verändern …

Drei Tage später begannen endlich die Osterferien. Am ersten schulfreien Tag brach ich in aller Frühe auf, ohne auch nur jemandem ein Wort zu verraten. Nicht mal Yamkela oder Atie. Nur die Tante kannte meinen Plan.

✳ ✳ ✳

Anfangs ging alles wie geschmiert. Als der Minibus bei einer der ersten Haltestellen in *Gugs* hielt, fragte ich den Fahrer, ob er die *NY 12* kennen würde. „*Lula* – ganz einfach", meinte er. „Gehe auf dieser Straße immer weiter bis zur nächsten Ampel. Dann rechts abbiegen und gut zehn Minuten laufen. Die *NY 12* kommt bald auf der linken Seite."

Ich hatte nur eine kleine Tasche bei mir, aber mit allem Wichtigen: sogar mein letztes Zeugnis und eine Zahnbürste für alle Fälle. Und da war auch schon die *NY 12*! Gleich an der Straßenecke sah ich einen *Spaza Shop*. Ich ging hinein und fragte die alte Frau hinter dem Ladentisch, ob sie einen Herrn Maloni kannte, einen großen und kräftigen Mann.

„*Ngubani igama* – wie war der Name?"

Ich wiederholte meinen und meines Vaters Familiennamen. Aber sie schien keine Ahnung zu haben: „*Andimazi* – nie gehört."

Vielleicht war sie neu in der Gegend? Ich ging nun die Straße hinab und fragte zufällig links und rechts Leute, die mir entgegenkamen: „Herr Maloni? Kennen Sie ihn nicht? Er ist mein Vater!"

Ich wurde erst unsicher, als ich schon fast am Ende der *NY 12* angekommen war und noch immer niemand meine Frage bejaht hatte. Was, wenn er gestorben war? Oder einfach längst weggezogen? Bitte, lieber Gott, bitte ...

Als ich schon beinah wieder zurück war und fast aufgeben wollte, winkte einer der älteren Nachbarn des *Spaza Shops* mich heran: „Sagtest du Maloni? Witziger Name! Ja, es gab mal einen Typ hier, der so hieß. Aber er ist schon lange weg. Nur seine Schwester wohnt noch hier. Siehst du da hinten das blau gestrichene *Shack*? Da wohnt sie noch immer mit zweien seiner Kinder."

Seinen Kindern? Hatte er also wirklich noch eine Familie hier? Aber warum war er dann wieder weitergezogen?

Nervös überquerte ich die Straße. Die Tür stand offen, und ich sah drinnen einen Jungen und ein Mädchen, etwa zehn oder elf Jahre alt, die vor einem Fernseher hockten. Hinter dem *Shack* hing eine Frau die Wäsche auf.

„Entschuldigung ... gehören Sie zur Maloni-Familie?“, rief ich ihr zu.

Erst jetzt bemerkte sie mich. Sie trocknete ihre Hände an der Schürze ab und kam auf mich zu.

„Ja“, sagte sie, „ich bin die Schwester von Herrn Maloni, dem Vater der Kinder hier. Und du?“

„Ich bin sein Sohn, sein zweitgeborener.“

Erstaunt musterte sie mich. Sie wurde spürbar freundlicher und lud mich ein, ins Haus zu kommen.

„Weißt du was? Dann bin ich auch deine Tante! Man kann sehen, dass du der Sohn meines Bruders bist! Wie heißt du?“

Im Haus wurde ich dem älteren Jungen, der Andile hieß, und dem etwas jüngeren Mädchen namens Noma vorgestellt: „Das ist Mbu, euer Halbbruder!“

Andile machte sofort etwas Platz auf dem Sofa für mich: „Magst du mit uns *Generations* gucken?“

Nicht eine Sekunde konnte ich mich auf die Soap konzentrieren. Stattdessen stellte ich der Tante mehr Fragen zu Vater: „Warum lebt er nicht hier mit euch? Wo ist er?“ Und schließlich auch: „Hat er jemals meinen Namen genannt?“

Sie schien eine ehrliche Frau zu sein: „Weißt du, er hatte dauernd Streit mit seiner Freundin, der Mutter der beiden hier. Und als er dann plötzlich von der Regierung ein Haus in *Blikkiesdorp* zugewiesen bekam, ist er allein dorthin gezogen. Zumindest sendet er regelmäßig Geld, wenn er Arbeit hat. Ansonsten ist es die alte Geschichte ... er trinkt einfach zu viel."

„Und hat er nicht manchmal von mir oder Mavusi gesprochen?"

„Nein, nicht wirklich. Er erwähnte nur mal, dass er noch Kinder irgendwo im Ostkap hat. Aber mach dir keine Sorgen. Ich glaube dir, du ähnelst ihm so sehr."

Am Ende war ich nicht sicher, was ich tun sollte. Ich schaute ein paar Stunden mit Andile Fernsehen, ohne wirklich mitzubekommen, was da genau lief. Inzwischen hatte Andile auf ein Fußballspiel umgeschaltet, aber ich achtete nicht mal darauf, wer eigentlich spielte. Ich war wie gelähmt. Ich konnte nicht einmal mehr beten.

Bei Einbruch der Dunkelheit fragte mich die Tante: „Warum bleibst du nicht über Nacht? Andile holt morgen ein paar Sachen von seinem Vater ab, und dann kann er dir zeigen, wo er wohnt in *Blikkiesdorp*."

Mit *Blikkiesdorp* wurde eine Gegend in der Stadt Delft bezeichnet, wo die Regierung kürzlich mehr als tausend Blechhütten errichtet hatte für arme Leute. Ein *Blikkie* ist in Afrikaans eine Blechbüchse – und so sahen die Häuser auch aus. Alle gleich, Hunderte und Aberhunderte von ihnen.

Ich schlief nur wenig in dieser Nacht. Ich lauschte auf die Schnarchgeräusche der Tante und der beiden Kinder. Mir war klar, dass ich diesen Mann, meinen Vater, niemals ohne die Hilfe von Andile in *Blikkiesdorp* finden würde.

Am nächsten Morgen brachen wir früh auf. Andiles Tante bezahlte meinen Fahrschein für den Zug und auch für den Minibus.

* * *

Es fällt mir bis heute nicht leicht, die Begegnung mit dem Mann, der mein Vater ist, zu beschreiben.

Andile ging voraus und klopfte schließlich an eine der Türen in den endlosen Straßen von *Blikkiesdorp*, die für mich alle gleich aussahen. Ein älterer Mann öffnete und umarmte den Jungen kurz. Dann schaute er mich an, und es war klar, dass er keine Ahnung hatte, wer ich war. Ich hätte ihn auch nicht erkannt.

Ich sagte: „Ich bin's, Mbu." Er erinnerte sich an nichts, nicht mal an meinen Namen.

Nun sagte ich: „Mbu, dein Sohn."

Er bemühte sich um ein unsicheres Lächeln: „*Uxolo* – sorry, Junge. Ja, ja, jetzt sehe ich es. Komm rein."

Mich umarmte er nicht. Er fragte nach meiner Schule, aber ich zeigte ihm nicht das Zeugnis, das ich mitgenommen hatte.

Dann teilte er belegte Brote und je eine Büchse Cola mit Andile und mir. Andile gab er eine Tasche mit Kleidung und etwas Bargeld. Noch am gleichen Nachmittag fuhr Andile allein zurück nach *Gugs*.

In den kommenden Tagen redete er nicht viel, sagte meist nur „Ja" oder „Nein" oder „Ich weiß nicht". Nach Mavusi fragte er kein einziges Mal. Nicht mal nach seinen Schwestern in *Masi* oder *Gugs*.

Abends trank er wie Mutter mehrere Flaschen Bier.

Nach zwei Wochen bat ich um Fahrgeld zurück nach *Masiphumelele*. Er gab mir vierzig *Rand*, zwei Scheine zu je zwanzig.

Tante Nompumelelo berichtete ich, dass ihr Bruder jetzt in Delft wohnte. Ich sagte ihr auch die Straße und Hausnummer. Mutter fragte gar nicht erst, wo ich die vergangenen beiden Wochen gewesen war.

Atie erzählte ich: „Ich habe meinen Vater gefunden ..."

„Und?", fragte Atie.

„*Okukho nto* – nichts", antwortete ich.

Wild aufwachsen

Ukukhula ngapahndle kwe nkathalelo

Dank des Wohnwagens hatten Atie und ich unser eigenes Dach über dem Kopf – das war große Klasse. Aber wie an ausreichend Essen, Kleidung, Schulmaterial und alles mögliche andere kommen? Manchmal erhielt Atie von seinem Vater Taschengeld, das er großzügig mit mir teilte. Und zuweilen bekam ich Essensreste von Yamkela und seiner Mutter oder von Tante Nompumelelo, die wir natürlich auch teilten. Am meisten besorgt war ich um meine Schuluniform, die zunehmend zerrissen aussah. Am Hemd fehlten mehrere Knöpfe. Und an manchen Abenden gingen wir beide hungrig ins Bett.

Wieder einmal kam Atie mit einer neuen Idee: „*Mamela* – hör zu, Mbu! Wir könnten ziemlich viel Geld mit den *Tik-Boys* verdienen!"

Ich hatte befürchtet, dass er eines Tages mit solchem Mist ankommen würde. Jeder wusste, dass die Drogenbosse im *Township* die Jüngsten mit billigem *Tik* anlockten, bevor sie zum harten Stoff übergingen.

„*Hayi* – nein, Atie! Das ist nur blöd. Die Polizei hat die ganze Zeit ein Auge auf die: Einen Tag hast du jede Menge Kohle, und am nächsten Tag sitzt du in *Pollsmoor* hinter Gittern."

Ich war bereit, mit Atie darüber zu streiten, was nicht oft vorkam. Aber zu meiner Überraschung gab er sofort auf: „*Ndiyavuma* – stimme dir zu. Das ist absoluter Dreck!"

Aber trotzdem – irgendwie mussten wir die nötigen Dinge organisieren. Irgendwo. Der Altmetallhändler war mehr für Kinder. Wir brauchten etwas Richtiges.

Bald würde ich zur Oberschule von *Masiphumelele* gehen. Trotz aller Probleme war mein letztes Grundschulzeugnis der siebten Klasse eines der besten gewesen. Und ich hatte nicht einen Tag gefehlt.

Aber ich wusste, dass der neue junge Schulleiter der Oberschule, Herr Mafrika, nicht weniger als das erwarten würde. Ich brauchte eine neue Uniform ohne Löcher und mit allen Knöpfen. Meine schwarzen Schuhe waren nicht nur völlig zerrissen, sondern auch so klein geworden inzwischen, dass es wehtat, sie länger zu tragen.

* * *

Dieses Mal machte ich meine Pläne ohne Yamkela und selbst ohne Atie. Ich wollte nicht, dass auch nur einer von beiden etwas damit zu tun bekam. Yamkela wäre wahrscheinlich mitgegangen, nur um mir zu helfen – und Atie? Ach, einfach, weil er immer für Abenteuer zu gewinnen war. Aber diese Angelegenheit musste ich allein packen.

In der Schule hatte ich gelernt: Bevor du etwas anfängst, denke gut nach. Und bevor du richtig loslegst, übe erst. Und so machte ich es.

Stunden um Stunden verbrachte ich in unserem riesigen Einkaufszentrum *Longbeach Mall*, das nur eine halbe Stunde zu Fuß von unserem *Township* entfernt ist – und tat nichts anderes als beobachten. Genau hinschauen, alles genau studieren, alles.

Wo stehen die Wachleute? Wonach halten sie Ausschau? Wie in den Laden kommen, ohne aufzufallen? Und noch wichtiger: wie wieder herausgelangen? In welchen Geschäften laufen genug Kunden rum? Welche sind einfach zu klein oder zu gut bewacht? Wie sind die Waren geschützt? Haben sie eventuell diese Plastiksicherungen, die einen Alarm auslösen, falls sie nicht vor Verlassen des Ladens entfernt werden? Ist es besser, allein zu arbeiten oder mit anderen?

In meinem Fall – ich bin am besten allein. Gleichwohl kannte ich die meisten der anderen Kinderbanden, lauter kleine *Tsotsies*. Alle genauso hungrig wie ich. Manche fühlen sich stärker in einer Gruppe, und natürlich kannst du mehr Strategien entwickeln, um die Leute abzulenken, die du beklauen willst. Andererseits fällt es immer mehr auf, wenn eine Gruppe Straßenkids, einige barfuß, im Einkaufszentrum rumläuft. Außerdem findet sich bei vielen leichter einer, der dann doch was falsch macht.

Es ist klar, dass ich hier nicht alles genau beschreiben kann, was ich damals tat. Es ist vorbei. Und ehrlich – ich habe niemals Luxusartikel gestohlen. Und ich habe nur in großen Läden oder Supermärkten gearbeitet wie *Pick'n Pay* zum Beispiel: Ich ging da ganz ruhig rein und nahm mir einen Einkaufswagen, so wie andere Kunden auch. Niemals darfst du rennen oder gar in Panik geraten. Immer wieder unauffällig schauen, wo das Wachpersonal ist und wo die toten Winkel der Überwachungskameras sind. Erst dann packte ich kleine Sachen unter meine Kleidung, vor allem unter meinen großen Pullover. Oder auch in eine neue (keine gebrauchte!) Plastiktüte, die ich für 20 Cent ganz normal gekauft hatte.

Nicht ein einziges Mal haben sie mich in drei Jahren geschnappt. Niemals tat ich es mit jemand anders gemeinsam. Zu Atie sagte ich: „Ist von meiner Tante!" Oder manchmal auch: „Bitte frag nicht, Atie!"

Natürlich teilte ich mit ihm wie früher ... fast alles. Als er zwei Jahre nach mir auf der Oberschule begann, organisierte ich für ihn zwei neue hellblaue Oberhemden mit langen Ärmeln. Die guten von *Edgars*, nicht die billigen von *PEP*. Ich freute mich wahnsinnig, ihn so froh zu sehen.

Geschnappt wurde ich nur ein einziges Mal gegen Ende des dritten Jahres, als ich mit Modise unterwegs war, einem der wenigen kleineren Jungen, die es ebenfalls meist allein taten. Modise war etwa neun damals und brauchte dringend Schuhe. Es war mitten im Winter, und noch immer lief er barfuß herum.

„Lass es uns bei *PEP* probieren", schlug er vor.

„Nur über meine Leiche", lachte ich zurück. „Wenn du mit mir bist, dann nur echte Qualität. Wir gehen erst zu *Ackermans*."

„Aber *PEP* ist viel einfacher, ich sag's dir", widersprach der Kleine.

Doch ich unterbrach ihn: „Willst du was Neues lernen oder nicht?"

Dann nahm ich Maß von seinen dreckigen Füßen. Er schaute mich bewundernd an und hockte sich auf eine öffentliche Bank, gut zehn Meter entfernt vom Eingang zu *Ackermans*.

Der müde Wachmann am Eingang nahm kaum Notiz von mir, während ich selbstsicher bis zur Schuhabteilung ganz hinten im Laden durchlief. Noch eine Regel: Wenn du irgendwo mit Erfolg gestohlen hast, kehre nicht so schnell zurück. Ich war Monate nicht bei *Ackermans* gewesen. Niemand beachtete mich. Dann entdeckte ich gute Stiefel für Modise, voll aus Leder und sogar mit einer Art Kunstfell gefüttert, so dass er keine Socken brauchen würde. Es war ganz leicht, die Alarmmarke abzuziehen.

Leider waren sie etwas zu groß für meinen Pullover. Immerhin hatte ich heute noch eine Jacke mit Reißverschluss drüber. Ich schob die Stiefel einen nach dem anderen unter den Pullover und schloss dann die Jacke drüber. Ich war eindeutig aus dem Blickfeld der Kamera. Als ich aber in einen der Spiegel guckte, war überdeutlich, dass so ein dicker Bauch für einen dünnen langen Kerl wie mich irgendwie nicht passte. Was nun?

Nur ein Ausweg: ruhig bleiben. Die anderen Kunden interessiert sowieso nichts. Nur die Verkäuferinnen und der Wachmann am Eingang können gefährlich werden. Ich wartete, bis eine Verkäuferin aus der Schuhabteilung zum Lager ging und der Typ an der Kasse mit einer anderen Kundin beschäftigt war. Dann ging ich langsam zum Ausgang.

Nun konnte ich in der Tat nicht viel länger warten.

Jetzt brauchte ich Modise. Glücklicherweise hatte er mich die ganze Zeit nicht aus den Augen gelassen, ohne es zu auffällig zu tun. Ich nickte ihm kaum merklich zu. Als Naturtalent kapierte er sofort, was ich jetzt brauchte. Er stand auf und lief direkt auf den Wachmann zu. Als er dicht an ihm vorbei in den Laden gehen wollte, hielt ihn der Aufpasser wie erwartet an.

„*Suka, suka* – verschwinde!", schrie er ihn an. Modise tat beleidigt und schaute sich mitleidheischend um. Mehrere Passanten blieben stehen und schauten den beiden zu. Das war genug für mich, um unbemerkt und gedeckt von den Zuschauern hinauszukommen. Wie verabredet trafen wir uns in der Nähe des *KFC*-Fast-Food-Ladens und verließen von dort gemeinsam das Einkaufszentrum. Erst ab dann rannten wir auf die gegenüberliegende Straße. Als wir hinter der *BP Garage* waren, holte ich die Stiefel heraus und zeigte sie ihm.

„*Enkos, buthi* – danke dir, Bruder!", rief Modise und konnte kaum warten, die warmen Schuhe anzuziehen. Er rannte bis zu den Toiletten und zurück und sprang ein paar Mal vor Freude in die Höhe.

„*Kamnandi* – so klasse!" Ich konnte ihn kaum beruhigen.

Für mich wäre das genug für den Tag gewesen. Aber dann machte Modise einen gewaltigen Fehler. Er wollte auch etwas für mich besorgen. Er zog die neuen Stiefel wieder aus und versteckte sie an einem geheimen Platz hinter den Klos.

„Lass mich dir auch etwas bei *PEP* zeigen!", meinte er ernst.

Ich wusste, dass es verkehrt war. Kehre niemals zu einem Tatort zu bald zurück. *PEP* war viel zu dicht bei *Ackermans*. Und arbeite niemals, wenn du aufgeregt bist. Modise war viel zu aufgeregt.

Irgendwie jedoch hatte dieser pfiffige kleine Kerl mein Herz erobert, und so folgte ich ihm wider besseres Wissen zurück in die *Shopping Mall*. Ich dachte, dass er sich bedanken wollte mit einem Stück Schokolade aus dem Eingangsbereich von *PEP*, gleich bei den Kassen und wo immer ein Durcheinander herrschte wegen der vielen Kunden, die dort ihren Kram einpackten. Das war ein eher einfacher Job, und ich vertraute ihm, dass er hier keinen Fehler machen würde.

Aber er machte einen verrückten Fehler. Nur wegen mir.

So wie er vorher bei mir, wartete auch ich draußen auf einer Bank in der Nähe. Ich bekam bereits ein ungutes Gefühl, als er an den Süßigkeiten vorbei in den hinteren Teil des Ladens zur Kleiderabteilung verschwand. Nur höchstens zwei Minuten später hörte ich Leute schreien und Modise im Zickzack wie ein Kaninchen aus dem Laden rennen. Er hatte etwas unförmig Großes unter sein Hemd gepresst, aber ich konnte auf die

Entfernung nicht erkennen, was es war. Es gelang ihm noch, an dem Aufpasser vorbeizukommen. Aber dann packte ihn ein älterer Mann außerhalb des Ladens am Kragen, gar nicht mehr so weit weg von der Stelle, wo ich saß.

Immerhin schaute Modise wie ein Profi nicht einmal in meine Richtung, um mich keinesfalls mit reinzureißen. Erst jetzt erkannte ich, was er unter seinem Hemd versteckt hatte. Als der Mann ihm einen Schlag an den Kopf gab, stolperte Modise für eine Sekunde, und ein Paar schwarze Halbschuhe fielen auf den Boden. Viel zu groß für ihn, ungefähr meine Größe.

In diesem Augenblick stand ich auf und ging zu Modise, dem alten Mann und dem Wächter, der inzwischen Modise fest am Arm gepackt hatte.

„Er hat für mich gestohlen!", sagte ich ruhig zu den beiden Erwachsenen. Erstaunt schauten sie zu mir. Im gleichen Moment riss ich Modise los und schrie ihn an: *„Baleka, baleka –* renn los, Mann!"

Modise rannte um sein Leben. Aber es war einfach nicht unser Glückstag. Beim Ausgang des Einkaufszentrums packte ihn einer der Sicherheitsleute von *Standard Bank.* Gemeinsam wurden wir in das Untergeschoss des Zentrums zu einer Art Verhörraum geführt, wo jemand die Polizei anrief.

Um Modise zu beschützen, sagte ich: „Bitte, lassen Sie den Kleinen gehen. Ich habe ihn gezwungen, für mich zu stehlen. Er weiß, dass ich ihn sonst verprügelt hätte ..."

Einer der Wachmänner schaute uns mit Abscheu an: „So jung und schon solche Verbrecher!"

Tatsächlich jedoch ließen sie Modise, der eher wie sieben statt wie neun aussah, wenig später laufen. Modise spielte sein Rolle perfekt und schaute nicht einmal zu mir, als er den Raum verließ.

Kurz darauf fragte ich einen der Kerle, ob ich zur Toilette dürfte. Er hatte mich fest am Arm gepackt, als er mich zu einem Gang brachte, der zu den Klos führte. In dem Moment, als wir an den Türen zum unterirdischen Parkplatz vorbeikamen, trat ich ihm plötzlich und mit aller Wucht in die Eier. Er lockerte seinen Griff für eine Schrecksekunde, und das war genug, um mich loszureißen und durch die Tür in der Parkhalle verschwinden zu können. Von dort rannte ich, so schnell ich konnte, zu einer der oberen Parketagen.

Der Wachmann hatte inzwischen nicht nur seine Trillerpfeife benutzt, sondern auch seine Kollegen beim Ausgang des Parkhauses über Handy informiert. Aber so blöd war ich natürlich nicht. Stattdessen öffnete ich eines der Gitterfenster, die zu einem der Lüftungsschächte führen, und schob mich dort hindurch ins Freie. Es passte gerade, weil ich noch immer eher dünn war. Der Schacht endete hinter dem Zentrum auf einem großen Platz, wo meist ein ziemliches Chaos mit an- und abfahrenden Lieferwagen herrschte. Es war ein Kinderspiel, von hier zu unserem Treffpunkt hinter der *BP Garage* zu gelangen.

Ja, da stand er schon – Modise – und wartete auf mich. Er

hielt seine neuen Stiefel in der Hand, und beide Schultern hingen nach unten, Als ich bei ihm war, sah ich, dass er heulte.

„Zieh sie schon an, Mann!", ermunterte ich ihn.

„Du bist ein richtiger Freund, Mbu!", stotterte er.

„Du auch, Modise!"

* * *

Von dem Tag an gab ich das Klauen auf. Ich wusste, dass Herr Mafrika, unser Schulleiter, mir niemals erlauben würde, weiter zur Schule zu gehen, wenn ich als Dieb geschnappt und gar richtig verurteilt werden würde.

Aber hungrig und mit zerrissener Uniform zum Unterricht zu erscheinen war auch nicht leicht. Es gab Zeiten, in denen ich nicht mal mehr bei Atie im Wohnwagen übernachten konnte, weil sein Vater da war und es nicht erlaubte. Im *Shack* meiner Mutter war es noch schlimmer, da der Platz noch enger geworden war, seit der kleine Aphelele geboren war.

Es gab Nächte, in denen ich nur herumwanderte in *Masi*, wobei ich am liebsten niemanden treffen wollte. Ich fühlte mich einfach so beschämt von meinem Leben. Zuweilen schlief ich nachts auf aufgerissenen Pappkartons, eingeklemmt zwischen irgendwelchen *Shacks* und in eine alte Decke gewickelt. So versuchte ich meist vergeblich, dem kalten Wind so viel wie möglich zu entkommen.

Die schlimmste aller Nächte war jene, als ich nicht nur

keinen vernünftigen windgeschützten Platz finden konnte, sondern es auch noch wie aus Eimern zu schütten begann. Der einzige Schutzraum, der mir schließlich einfiel, war eines der öffentlichen, dreckigen Reihenklos. Ich zwängte mich hinein und verriegelte es von innen. Es war so eng darin, dass ich mit dem Rücken zur Tür lag und meine langen Beine auf den Klodeckel legen musste, wenn ich überhaupt eine Ruheposition finden wollte. Ich habe keine Ahnung, wie ich tatsächlich einschlafen konnte. Aber ich muss so übermüdet gewesen sein, dass ich irgendwann doch wegsackte.

Als ich aufwachte, war mir übel vom Gestank, und ich musste mich augenblicklich übergeben. Ich fühlte mich nur schrecklich. Wie der letzte Dreck, nein, schlimmer noch – wie Scheiße.

Es war das erste Mal in meinem Leben, dass ich nicht wusste, ob ich überhaupt weitermachen wollte. Dass ich einfach dachte: Genug ist genug. Vielleicht ist der Tod besser als das Leben.

Wer weiß? Vielleicht.

Hoffnung auf Oma

iThemba noGogo

Trotz allem, was geschah, verpasste ich nicht einen Tag die Schule, auch wenn es sich zuweilen nicht vermeiden ließ, dass ich etwas zu spät kam.

Jeden Tag nach der Schule zog ich mich um und gab meine Uniform, schäbig wie sie war, bei Atie ab. Mein Freund wusch und bügelte sie für mich, wann immer ich es nicht selbst tun konnte. Jeden Morgen ging ich erst zu ihm, zog mich um und ließ meine anderen Klamotten in einer Plastiktüte in seinem Wohnwagen, so dass zumindest in der Schule kaum jemand ahnte, wie mein Leben wirklich war.

Es war Atie, der mich auch moralisch über Wasser hielt: „*Linda* – warte mal ab, Mbu! Eines Tages werden wir beide in einer Villa wohnen, mit einem riesigen Garten und einem azurblauen Pool ..."

Als er mein skeptisches Gesicht sah, boxte er mir in den Magen und fügte hinzu: „Und natürlich auch mit vielen klasse Mädchen, was denkst du denn?"

Jetzt jedoch wurde erstmal alles noch schlimmer.

✳ ✳ ✳

Ab und zu schaute ich weiter bei Mutter, Anam, Aphelele und diesem Mann vorbei. Es war auch immer gut, Tante Nompumelelo zu treffen, die mich jedes Mal freundlich begrüßte. Sie war eine der wenigen im Hof, die nicht trank und ihre eigenen Kinder gut versorgte, wenn nötig, auch noch Anam und Aphelele.

Einmal sagte sie zu mir: „Mbu – beurteile Menschen niemals nach dem Äußeren. Niemand wird als Säufer oder als *Tikkop* geboren. Auch deine Mutter und selbst Siya haben ihre eigene Geschichte, warum sie so geworden sind."

„Aber warum bekommen sie dann Kinder, *Makazi?*"

„Vielleicht weil sie selbst auch nicht gefragt wurden, ob sie geboren werden wollten ...", antwortete sie. Ich mochte sie wegen solcher Weisheiten.

Und wie Yamkelas Mutter teilte sie immer wieder ihr Essen mit mir, wenn ich hungrig war, sogar wenn sie selbst nicht viel übrig hatte.

An jenem Nachmittag kam ich nur zufällig vorbei, da die Schule wegen irgendeines Treffens der Lehrergewerkschaft eher aus war. Es war das erste Mal, dass Tante Nompumelelo mir nicht zuwinkte, sondern nach unten schaute und ich erst beim Näherkommen erkennen konnte, dass sie geweint hatte.

„Was ist passiert?", rief ich erschrocken. Sie deutete schweigend mit einer Hand in Richtung Mutters *Shack*.

Besorgt lief ich nach hinten und fand dort die ganze Familie vor: Mutter, Anam, Aphelele und selbst diesen Mann, der nicht zur Arbeit gegangen war, wie sonst um diese Zeit. Als Mutter mich bemerkte, stand sie auf und umarmte mich, wie sie es Jahre nicht mehr getan hatte. Dabei begann sie laut zu weinen, es wurde immer lauter, und ihr ganzer Körper bebte.

„Mama, *nceda* – bitte rede endlich: Was ist los?" Ich hatte noch immer keine Ahnung.

Sie stieß mich einen Schritt zurück und rief mit verzerrter Stimme: „*Ufile* – er ist tot! Mavusi, dein Bruder Mavusi ist tot!"

Mavusi, Mavusi, Mavusi ... der Heldenbruder meiner frühen Kindertage. Da er vier Jahre älter war als ich, wäre er nun neunzehn. Mein einziger leiblicher Bruder. Um Gottes willen, was war geschehen?

Ntoni – was? Ein Unfall, ein Mord, eine tödliche Krankheit?

Mein Mutter schnaubte sich die Nase und berichtete endlich: „Mavusi hatte doch früher schon Tuberkulose. Sogar als kleines Kind schon. In letzter Zeit kam irgendein Gehirnschaden dazu. Er war mehr und mehr verwirrt. Er konnte keine vollständigen Sätze mehr sprechen. Am Ende fand er auch allein nicht mehr nach Hause und rannte nur noch hinter Papierfetzen her, die der Wind vor ihm her blies ..."

„Aber warum hat uns niemand eher etwas davon gesagt?", fragte ich verzweifelt. Erst jetzt kam der ganze Schrecken der Nachricht wirklich in meinem Herzen an. Derjenige, der sich um mich gekümmert hatte, als niemand sonst es tat. Damals, als ich noch so klein war. Damals, als er noch so klein war.

Mutter fuhr fort: „Gestern Abend bekam er plötzlich hohes Fieber. *Gogo* hat einen Krankenwagen gerufen, aber niemand kam bis Mitternacht. Dann sind alle schlafen gegangen. Heute Morgen war Mavusi tot. Vielleicht seine Lungen, vielleicht sein Herz. Vielleicht auch beides. Die Beerdigung ist kommenden Samstag in Graaff Reinet.“

Ich weiß nicht, warum ich immer daran geglaubt hatte, dass mein Bruder und ich eines Tages wieder zusammen sein würden wie früher. Ich hatte ihn niemals vergessen, auch wenn wir kaum noch Kontakt gehabt hatten, seit ich ihn vor einigen Jahren in Omas Haus zurückgelassen hatte. Er hatte ja damals schon kaum noch mit mir geredet. Vielleicht hatten ihn die schweren Medikamente schon verwirrt?

„Ich komme nicht mit zur Beerdigung“, meinte Siya, obwohl ihn niemand gefragt hatte.

Mutter sagte: „Eine Verwandte von uns in Worcester hat gesagt, dass sie für dich, Mbu, und mich den Bus bezahlen wird. Kommst du mit?“

Ich nickte sofort. Keine Frage. Ich wollte mich von Mavusi verabschieden. In jedem Fall wollte ich auf seiner Beerdigung sein.

✳ ✳ ✳

Von Yamkela konnte ich mir ein weißes Hemd borgen und sogar noch einen Schlips und ein dunkelbraunes Jackett. Am Freitagmittag brachte Atie uns bis zur Bushaltestelle und trug Mutters schwere Tasche. Die Kleinen blieben daheim bei Tante Nompumelelo.

Während der langen Fahrt durch die Nacht dachte ich daran, wie ich – vor einigen Jahren nun schon – aus der anderen Richtung gekommen war. Würde ich Frau Naki wiedersehen können? Wie würde mich Oma begrüßen? Würde unser Vater bei der Beerdigung auftauchen?

Als ich meine Mutter nach unserem Vater fragte, entgegnete sie nur kurz angebunden: „Er hat die Nachricht von der gleichen Verwandten aus Worcester erhalten. Keine Ahnung, ob er auch kommt."

Wie sie es sagte, war kein Zweifel, dass sie nicht darauf wartete, ihm zu begegnen.

Ich war erstaunt, wie viele Menschen zu Mavusis Beerdigung gekommen waren. So viele, bestimmt über siebzig. Mein Vater war nicht dabei. Da Mavusi mein leiblicher Bruder war, kein Halb- oder Viertelbruder, durfte ich den Sarg noch mal öffnen lassen und ihn anschauen, bevor die Trauerfeier begann. So vertraut war sein Gesicht und gleichzeitig so fremd und alt. Wie jemand, der sechzig war. So dünn war er, dass man jeden Knochen sehen konnte, und seine geschlossenen Augen waren tief in den Schädel gesunken.

Ich bemühte mich darum, etwas von ihm zu spüren, aber

es gelang nicht. Es war, als wäre er schon vor langer Zeit gegangen. Dies war nicht mehr mein Bruder. Es war nur noch ein Sarg mit einem leblosen Körper. Mavusis Seele war schon lange zu unseren Vorfahren unterwegs ... Ich wurde sehr traurig, als mir klar wurde, dass wir in diesem Leben niemals mehr zusammenkommen würden.

✳ ✳ ✳

Oma begrüßte mich freundlicher, als ich erwartet hatte: „*Uxolo* – es tut mir wirklich leid, Mbu. Ich weiß, was dein Bruder dir immer bedeutet hat."

„*Enkos' Gogo* – danke dir, Oma", sagte ich und nahm die mir entgegengestreckte Hand. Als ich damals bei ihr gewohnt hatte, war sie immer nur hart gewesen. Sicher hatte sie auch ihre Geschichte, wie Tante Nompumelelo sagen würde.

Nachdem die Feier schon begonnen hatte, hielt ich immer noch Ausschau nach Frau Naki und Ayanda und Andiswa, aber ich konnte sie nirgends entdecken.

„Oh, die Naki-Familie", erklärte Oma, „die sind schon lange nach Mthatha umgezogen."

Ich fühlte mich so einsam zwischen all den mir fremden Menschen. Als das Mittagessen begann, bekam ich einfach nichts hinunter, obwohl es richtiges Brathuhn, Reis und Salat gab. Nichts davon hätte ich jemals in *Masiphumelele* stehen gelassen.

Warum war Vater nur nicht gekommen, obwohl mehrere Verwandte aus seiner Familie da waren? Wahrscheinlich wäre er zu meiner Beerdigung auch nicht erschienen.

Mehrmals versuchte ich, mit Verwandten von seiner Seite der Familie zu reden, aber sie sagten entweder nichts oder blieben distanziert. Nur ein anderer Onkel tröstete mich: „Ich gehöre zur Familie deiner Mutter und bin einer deiner leiblichen Onkel. Ich bin ebenso arm wie dein Vater, aber ich trinke nicht. Mein Name ist Vukile …“

„*Uhlala phi, Malume* – wo wohnst du, Onkel?“

„In einem kleinen *Township* in Ottery, das gehört auch zu *iKapa*.“

Ich hatte niemals von einem *Township* in Ottery gehört, aber als ich ihn um seine Handynummer bat, schrieb er sie sofort für mich auf ein Stück Papier. Ich bewahrte diesen Zettel viele Jahre. Es war gut, endlich auch einen netten Verwandten zu kennen. Vielleicht könnte ich ihn eines Tages besuchen.

Schon am nächsten Morgen fuhren wir im Bus zurück nach Kapstadt. Während der gesamten Rückfahrt in diesem rumpelnden Bus spürte ich, wie sehr ich Atie und Yamkela vermisst hatte.

✳ ✳ ✳

Gleich nach der Rückkehr verabschiedete ich mich von Mutter und machte mich auf den Weg zu Atie. Es war schon spät in der

Nacht, und da im *Shack* seines Vaters kein Licht mehr brannte, ging ich direkt zu unserem kleinen Palast. Ich wollte ihm unbedingt noch von der Trauerfeier für Mavusi erzählen.

Es war auch schon dunkel im Wohnwagen, aber eine nahe Straßenlaterne verbreitete ein schummriges Licht. Als ich die unverschlossene Tür geöffnet hatte und einen Schritt hineinstolperte, merkte ich sofort, dass irgend etwas anders war. Es schien mir, als läge jemand neben Atie im Bett, aber ich konnte nicht erkennen, wer das war.

„Atie?“

Zuerst bewegte sich gar nichts. Ich rief seinen Namen zum zweiten Mal und berührte die Bettdecke, wo ich seine Füße vermutete. Die andere Person lag völlig unter der Decke und bewegte sich keinen Millimeter.

Schließlich tauchte erst Aties Kopf, dann tauchten seine Schultern auf: „*Uxolo* – sorry, Mbu, es ist eben passiert ...“

Noch immer war mir nicht klar, wer hier unter seiner Decke steckte.

„Sie wollte einfach bei mir sein, verstehst du ...“ Nach einer weiteren Pause: „Es ist Unathi!“

Klar kannte ich Unathi. Jeder kannte Unathi. Wesentlich älter als Atie, sogar älter als ich. Ein super Mädchen, echt sexy. Aber ich wusste auch, dass Unathi immer Probleme mit sich brachte.

Jeder wusste, dass sie es schon mehrfach getan hatte. Und wenn sie betrunken oder auf *Tik* war, tat sie es mit jedem für noch einen Drink oder *Tik* oder etwas zu essen, wenn sie schlicht Hunger hatte.

„Weiß dein Vater, dass sie hier ist?"

„Bist du verrückt?"

„Soll sie die ganze Nacht hier bleiben?"

„Ach Mbu, nun komm schon, nur diese eine Nacht, ja? Sie ist wirklich gut, ich habe sogar bar bezahlt."

Und dann schlug er vor, was nur von Atie kommen konnte: „Willst du auch? Ich kann sie fragen und dann draußen warten." So ist Atie. Wie konnte ich ihm schon etwas wirklich übel nehmen? Einen Moment war ich tatsächlich unsicher, was ich machen sollte. Kann man ein Mädchen teilen wie Kleidung oder Essen? Und Unathi sah vielleicht gut aus!

Ich denke auch nicht, dass sie blöd war. Andere hatten uns erzählt, dass sie immer auf Kondomen bestand. Aber auch wenn sie betrunken oder auf *Tik* war? Noch immer stand ich stumm da und sah Atie nur an. Er wirkte kräftiger als ich, obwohl er so viel jünger war. An Schultern und Oberarmen zeigten sich mehr Muskeln als bei mir. Noch immer wartete er geduldig auf meine Antwort.

Schließlich schüttelte ich den Kopf: „*Ndiniwe* – bin einfach zu müde, Atie. Mehr als zehn Stunden im Bus. Vielleicht ein andermal …"

Ich nahm meine kleine Tasche und schloss die Wohnwagentür von außen. Ich hatte Unathi weder gesehen noch gesprochen, aber keinerlei Zweifel daran, dass er mich niemals anlügen würde, schon gar nicht über etwas Wichtiges.

Ich hatte das sichere Gefühl, dass es hier eben um etwas Wichtiges gegangen war. Etwas völlig Neues. Etwas, dass richtig wichtig werden könnte im Leben, aber nur, wenn du es auch echt kapierst. In jener Nacht war es nur das unbestimmte Gefühl von etwas Wichtigem, mehr noch nicht.

* * *

Wieder eine Nacht ohne Dach über dem Kopf. Am folgenden Morgen war ich zum ersten Mal richtig zu spät in der Schule, nicht ein paar Minuten, sondern mehr als eine Stunde, weil ich eine einigermaßen gute Stelle nur am Rand des Moorgebiets finden konnte, ganz weit draußen. Noch schlimmer war, dass Atie zum ersten Mal vergessen hatte, meine Uniform zu waschen und zu bügeln, so dass ich auch noch schmuddelig im Klassenzimmer erschien.

Unsere *Xhosa*-Lehrerin in Klasse acht war Frau Mhlana, eine ältere Dame, die immer top gekleidet erschien. Trotz ihres Alters trug sie hohe Hacken und kam niemals ohne ihre Goldkette mit einem schweren Kreuz daran.

Jeden von uns behandelte sie mit Achtung. „Du kannst die Sterne vom Himmel holen, wenn du nur willst", sagte sie, wenn einer von uns müde war oder die Hausaufgaben wieder nicht gemacht hatte. „Akzeptiert niemals die Dunkelheit! Gott ist das

Licht, und ihr als seine Kinder könnt das Licht scheinen lassen."

Logisch hatte sie an diesem Morgen sofort erkannt, in welchem Zustand ich war. Als ich in die Klasse kam, grüßte sie mich als „Herr Maloni!" – und niemand lachte. Ich zog meinen Kopf ein und murmelte nur: „Tut mir leid, echt ..."

Sie fuhr dann fort, uns in moderner *Xhosa*-Literatur zu unterrichten. Vor allem Frauenliteratur hatte es ihr angetan, und eine ihre Lieblingsautorinnen war Sindiwe Magona. Es klang so gut, wenn sie vorlas. Ich konnte ihr ewig zuhören. Aber diesen Morgen gelang nicht mal das. Ich konnte mich auf nichts konzentrieren.

In der folgenden Pause fragte sie mich, ob ich ihre schwere Tasche, bis oben voll mit Büchern, zum Lehrerzimmer tragen würde. Als wir weit genug von allen anderen weg waren, blieb sie plötzlich stehen und schaute mich ernst an: „Du bist in Schwierigkeiten, nicht wahr, Mbu?"

Ich schaffte es nicht, ihrem Blick standzuhalten. Ich schaute zu Boden, als ich leise antwortete: „Nein, Frau Mhlana, es ist alles okay."

* * *

Nach der Schule war mein Hunger so groß, dass es richtig wehtat und ich nicht sicher war, wie lange ich der Versuchung würde widerstehen können, zu einem der großen Läden in *Longbeach Mall* zurückzukehren. Nur einmal. Monatelang hatte ich es ausgehalten. Inzwischen hatte ich so viel Gewicht verloren, dass mich sogar Mitschüler fragten, ob ich krank sei. Aber es war nichts weiter als Hunger, immer wieder Hunger, Hunger, Hunger. Ich war am Ende. Morgen würde ich mir was holen, nur was zum Essen. Mehr nicht.

Es war Yamkela, der mich vor Schlimmerem bewahrte. Ich war auf dem Heimweg von der Schule, als er von der andere Seite der lauten Pokela-Straße meinen Namen rief. Wir begrüßten einander, und bevor wir ein Gespräch begannen, sagte er nur: „Komm mal mit!" Als wir bei ihm daheim waren und er mir ein paar belegte Brote anbot, konnte ich mich überhaupt nicht mehr benehmen. Ich schlang alles hinunter wie ein Hund, ohne Pause, als würde ich es verteidigen müssen. Ich aß und aß und konnte gar nicht aufhören. Plötzlich überkam mich eine gewaltige Übelkeit, und nur in allerletzter Minute schaffte ich es, die Toilette erreichen, wo die Hälfte des Essens wieder herauskam.

„Mann, du bist ja nur noch ein Strich in der Landschaft, Mbu", meinte Yamkela betrübt, als ich langsam vom Klo zurückwankte. Erst wollte ich nur sagen, dass schon alles okay sei, wie ich es bei meiner alten Lehrerin getan hatte. Aber dann brachte ich nicht mal das heraus. Ich saß nur da und schaute Yamkela an und war kurz davor zu heulen, aber es kamen einfach keine Tränen mehr. Ich hockte nur noch da wie ein verprügelter Hund.

So saßen wir eine ganze Weile, und keiner sagte ein Wort.

Irgendwann begann Yamkela auf seiner Heimorgel zu spielen. Einmal wird er ein berühmter Musiker sein. Niemand hat es ihm jemals beigebracht. Seine Mutter schleppte dieses Ding eines Tages aus dem Altenheim an, und Yamkela fing an zu spielen.

Während langsam die Sonne unterging, spielte Yamkela eine Weise, die ich so noch nie gehört hatte. Vielleicht hatte er sie gerade komponiert. Vielleicht sogar für mich. Ich schaute aus dem Fenster ihres kleinen Steinhauses, und die vielen kleinen *Shacks* in der Nachbarschaft wirkten wie Spielhäuser aus Bauklötzen, alle rot und orange angemalt im untergehenden Sonnenlicht.

Etwas später, als es schon richtig dunkel war, fragte er: „Willst du nicht mal mitkommen zu Ta Simpras Jugendgruppe?"

„Was?"

„Ta Simpra hat eine Jugendgruppe im HOKISA-Friedenshaus in der Kanana-Straße, einmal in der Woche. Die reden da über alles, zum Beispiel Aids und Drogen oder so. Und am Ende gibt es Brot und Saft für jeden."

Da ich schließlich nicht anderes vorhatte, folgte ich Yamkela das erste Mal zu einem der Treffen dort.

* * *

Ich hatte vermutet, dass Ta Simpra ein älterer Mann sein würde, denn übersetzt bedeutet das so viel wie Vater Simphiwe.

Aber er war im Gegenteil ein junger Mann von höchstens Ende zwanzig, ein geborener Jugendleiter, der gut zuhören konnte und uns aufforderte, miteinander zu teilen, was uns wirklich bewegte. So wie ich mich noch geschämt hatte, als die gute Frau Mhlana mich in der Schule nach meinen Problemen fragte, so hörte ich hier mit offenen Ohren, wie andere ehrlich über sich sprachen. Das Thema das Abends waren Schwangerschaften unter Jugendlichen, und zu meiner Überraschung war auch Unathi hier, kein bisschen betrunken. Sie war still wie ich, hörte aber ebenso aufmerksam zu.

Ta Simpra sprach über seine eigene Jugend, als er sich um jüngere Geschwister zu kümmern hatte, und ich musste sofort an Mavusi denken. Er erzählte, dass er als Erzieher in einem kleinen Kinderhaus in *Masi* arbeiten würde, einem Zuhause für Kinder, die ihre Eltern durch Aids verloren hatten oder wo die Eltern nicht in der Lage waren, sich um die Kids zu kümmern. Schon früher hatte ich von diesem Haus gehört, es aber bewusst vermieden, um bloß nicht zu nah an irgendwelche Sozialarbeiter zu kommen. Die einzigen, die ich bisher kannte, arbeiteten im Gericht von *Simon's Town* und erschienen öfter daheim bei den kleinen *Tsotsies*, wenn sie im Einkaufszentrum erwischt worden waren.

Erst als Atie mir versprochen hatte mitzukommen, war ich bereit, auch selbst einmal dorthin zu gehen. Wie immer war

Atie für das Unbekannte. „Was haben wir schon zu verlieren?",
meinte er. „Du kannst nicht weiter auf der Straße schlafen –
und vielleicht haben die da ein Bett für dich?"

Also machten wir uns auf den Weg. An einem Nachmittag
hatte Ta Simpra uns eingeladen, um ein paar von seinen Kolle-
ginnen zu treffen. Sogar einer der Direktoren, ein älterer weißer
Mann, war dabei. Wie immer war ich zuerst still, und Atie redete: „Ich mache mir Sorgen um Mbu. Er ist einfach am Boden.
Er kann nicht weiter wie ein Hund leben. Schlimmer noch als
ein Hund. Dabei ist Mbu besser als ich: Er will echt zur Schule
gehen!"

„Ist das wahr?", fragte der Direktor und schaute mich dabei
an. Ich nickte mit dem Kopf.

„Dann lasst Ta Simpra sich drum kümmern", erklärte er
uns. „Er wird mit deiner Mutter sprechen, Mbu, vielleicht auch
mit deiner Lehrerin. Und dann lädt er euch wieder ein. Was
meint ihr?"

Schon drei Tage später sollten wir wiederkommen. Leider
war im Kinderhaus kein Bett oder gar Zimmer frei, aber Ta Simpra hatte viel unternommen und nicht nur mit meiner Mutter
und Tante hier geredet, sondern auch einige Leute in *Masizakhe*
angerufen.

„Du weißt ja selbst, dass deine Leute hier selbst wenig Raum
haben ... und es geht auch nicht so gut mit deinem Stiefvater,
nicht?", begann Ta Simpra das Treffen. Wie konnte er das alles
wissen in so kurzer Zeit?

Dann fragte er mich unerwartet: „Was ist dir heute am wichtigsten in deinem Leben, Mbu?"

Ich zögerte keine Sekunde: „Ich möchte meine Schule abschließen können … ich will das Abi schaffen!" Atie nickte zustimmend mit dem Kopf.

Ta Simpra fuhr mit ruhiger Stimme fort: „Ich habe auch mit deiner Oma gesprochen. Sie wäre bereit, dich noch mal aufzunehmen bis zum Abschluss der zwölften Klasse. Kannst du dir das vorstellen?"

Wieder zu Oma? Ich war nicht sicher. Auf der anderen Seite wurde mein Leben hier immer unerträglicher. Immerhin war Oma okay gewesen auf der Trauerfeier für Mavusi.

„Kann ich in Ruhe drüber nachdenken?", fragte ich.

„Na klar", antwortete Ta Simpra.

Als wir wieder auf der Straße standen, stieß sich Atie mit dem Finger gegen die Stirn: „Du bist komisch, Mann. Nimm das an. Du bist der Klügste von uns allen. Wenn jemals jemand das Abi schaffen kann, bist du es. Wie kannst du das ausschlagen?"

✳ ✳ ✳

Am nächsten Tag war meine Entscheidung gefallen. Ich würde stark sein. Ich musste einfach ab und zu essen und schlafen, um vernünftig lernen zu können. Frau Mhlana schrieb sogar einen freundlichen Brief an die Schule in Graaff Reinet und bat, mich in die nächste Klasse aufzunehmen – schon die zehnte! Es war deutlich, dass es zum ersten Mal ein paar richtig gute Leute gab in meinem Leben, denen nicht egal war, wie es mit mir weitergeht.

Der Direktor des Kinderhauses kaufte meinen Fahrschein für den Bus und brachte mich sogar in seinem alten Wagen bis zur Haltestelle. Ich versprach, ihm einen Brief zu schreiben nach dem ersten Monat in der neuen Schule.

Ich war zuversichtlich, dass es irgendwie gelingen würde mit Oma. Und wenn ich Sonntags mit in die Kirche gehen müsste. Ich war bereit, etwas zurückzugeben.

Monate im Knast

Inyanga etilongweni

Die gesamte lange Rückfahrt über war ich in guter Stimmung. Vielleicht meinte es das Leben endlich einmal gut mit mir?

Ta Simpra und die anderen Erzieherinnen im Kinderhaus hatten mir ausreichend Proviant mitgegeben. Yamkela hatte seine fantastische Musik für mich aufgenommen, und mit Aties Hilfe war es sogar gelungen, einen guten Set gebrauchter Kopfhörer aufzutreiben. Einige von Yamkelas Stücken spielte ich bestimmt zwanzigmal im Bus.

Der ältere Direktor – ich nannte ihn Doc wie alle anderen es auch taten, obwohl er kein Arzt war – gab mir noch zwei Hundert-*Rand*-Scheine, als wir bei der Bushaltestelle ankamen. „Für deine neue Schuluniform in *Masizakhe*!"

Ich dankte ihm und vergrub die beiden Scheine tief in meiner Hosentasche.

„Ich kann dir vertrauen, ja Mbu?", fragte er.

„Kannst du, Doc!", antwortete ich und schaute ihm gerade in die Augen. Niemals zuvor hatte ich Menschen getroffen, die so freundlich zu mir gewesen waren wie diese Leute. Niemals würde ich sie oder gar den Doc enttäuschen.

✳ ✳ ✳

Es war bereits ungewöhnlich heiß, als ich am nächsten Morgen früh endlich an der Haltestelle der Minibusse von *Masizakhe* eintraf. Das neue Schuljahr hatte jetzt, Ende Januar, schon begonnen. Ich hatte mir vorgenommen, mich nur eben zu waschen und noch am gleichen Morgen in der neuen Schule zu melden. Dann würde ich mir eine neue Uniform kaufen, um startklar für den kommenden Tag zu sein.

Voller Vertrauen lief ich von der Haltestelle zu Omas Haus. Es fühlte sich vertraut an, obwohl ich jetzt so viel größer war und, ja, auch erwachsener als früher. Die Vordertür stand weit offen, aber ich klopfte doch erst höflich.

„*Ngena* – komm rein, Mbu!", rief Oma aus einem der Schlafzimmer.

„*Molo Gogo*!", grüßte ich sie neugierig. Alle anderen Kinder waren schon in der Schule.

Als sie aus ihrem Schlafraum in das hellere Wohnzimmer kam, sah ich sofort, dass ihre Stimmung nicht die beste war. Hoffentlich nicht wegen mir?

„Das Sozialamt hat meinen Antrag auf Pflegegeld für die

beiden Jüngsten immer noch nicht bearbeitet", schimpfte sie los. „Denken die, ich bin Millionärin?"

Mein Gefühl war, sie lieber erstmal in Ruhe zu lassen. Ich fragte nicht, wo ich schlafen könnte, sondern stellte meine Tasche neben der Tür ab, zog das Hemd aus und ging zum Badezimmer, um mich zu waschen.

Als ich gerade begonnen hatte, mir kaltes Wasser über den Kopf laufen zu lassen, kam sie rein und sprach in forderndem Ton: „*Mamela* – hör mal, der Typ von dem Kinderhaus hatte mir zugesagt, dass er Geld mitschicken würde. Wie viel?"

Ich zog meinen Kopf unter dem Wasserstrahl hervor und schaute sie besorgt an: „*Hayi, Gogo* – ich habe nur Geld für eine neue Uniform bekommen."

„Wie viel?", fragte sie erneut, nun deutlich ungeduldiger.

„Genau zweihundert *Rand*, gerade genug für meine neue Schuluniform", wiederholte ich.

„*Bububhanxa* – Unsinn!", schimpfte sie erregt. „Früher hattest du auch an einer gebrauchten genug. Bist du heute etwas Besonderes geworden?"

Mir fiel nichts mehr ein. Es hatte ein guter Start werden sollen, aber es sah nicht mehr danach aus. Außerdem hatte ich dem Doc mein Wort gegeben. Heute würde ich mich nicht Omas schlechter Stimmung unterordnen.

Ich fuhr fort mich zu waschen und zog mich dann an, um zur neuen Schule zu gehen. Meine Tasche mit den anderen bescheidenen Habseligkeiten ließ ich hinter der Tür stehen.

Sie gab keine Antwort, als ich ihr zurief: *„So bonana, Gogo –* bis nachher, Oma!"

* * *

Die Schulsekretärin war eine junge Frau, die mich noch von damals zu erkennen schien: *„ Wouh –* du bist ja ein richtiger junger Mann geworden, Mbu!"

„Noch nicht!", gab ich mit einem Lächeln zurück. Immerhin fühlte ich mich hier willkommen.

„Morgen um acht geht's los", erklärte sie, nachdem ich alle Formulare ausgefüllt hatte. „Die zehnte Klasse ist in dem grauen Gebäude gegenüber vom Schulhof", erklärte sie und zeigte mit dem Finger dorthin.

Danach ging ich zu einem *PEP*-Laden und kaufte die nötigsten Dinge, sogar ein paar neue Unterhosen sowie Shampoo und ein Deo. Vom letzten Geld erwarb ich einen Riegel Mintschokolade, die Oma immer sehr gemocht hatte.

Es war schon früher Abend, als ich heimkehrte. Alle anderen Kinder waren längst da. Einige begrüßten mich freundlich von früher, andere taten so, als sei ich gar nicht vorhanden. Auch Oma tat so, als wäre ich Luft.

Als es Schlafenszeit war, wusste ich immer noch nicht, wo ich schlafen sollte. Es gab offensichtlich kein leeres Bett. Kein großes Problem. Auch früher hatten wir die wenigen Betten geteilt.

Als schließlich jeder im Bett war, ging auch Oma schlafen. Seit meiner Ankunft hatte sie kein Wort mit mir geredet. Als ich gerade eine Decke auf dem Fußboden des Wohnzimmers ausbreiten wollte, kam einer der Jungen noch mal heraus und fragte mich leise: „*Usandikhumbula* – erinnerst du dich an mich? Ich bin Ababalwe, eines von *Gogos* Enkelkindern ...“

Ja, ich erinnerte mich an den kleinen Ababalwe. Damals war er noch nicht mal zur Schule gegangen: „Wie alt bist du jetzt?“

„Zwölf!“, rief er stolz. Ich sagte ihm nicht, dass ich ihn für höchstens zehn gehalten hatte.

Ich war ihm so dankbar, dass er mir gestattete, sein Bett mit ihm zu teilen. Nur einen Moment später war ich in tiefen Schlaf gefallen.

✳ ✳ ✳

Auch am nächsten Morgen weigerte sich Oma, mit mir zu reden. Ich wusste, dass ihre miesen Stimmungen manchmal Tage dauern konnten. Aber plötzlich konnte es auch wieder vorbei sein. Wie ein blauer Himmel nach einem Unwetter.

Bevor ich mich auf den Weg zur Schule machte, legte ich den Riegel Schokolade auf den Nachttisch neben ihrem Bett, als sie selbst im Bad war. Dann verließ ich das Haus ohne ein weiteres Wort.

Dies ging noch zwei weitere Tage so. Ich durfte mit den anderen essen, aber sie weigerte sich zu reden. Was mochte sie die ganze Zeit denken? Hatte sie Pläne, mich wieder loszuwerden?

Am dritten Tag dachte ich zum ersten Mal daran, dass ich mich um ein anderes Zuhause kümmern sollte. Möglicherweise konnte ich vor dem Wochenende mit meinem neuen Lehrer reden, einem jungen Mann aus Simbabwe. Wenn ich mehr geahnt hätte, wäre ich sofort weggeblieben.

Als ich an jenem dritten Tag nach der Schule heimkam, war es schon zu spät.

✳ ✳ ✳

Als ich um unsere Straßenecke bog, wunderte ich mich über das Polizeiauto vor Omas Haus. Aber da kein Blaulicht eingeschaltet war und auch sonst keine Leute rumstanden, dachte ich mir erstmal nichts weiter dabei.

Langsam ging ich weiter, erschöpft und hungrig nach dem langen Schultag. Vieles war noch neu. Nicht nur all die Mitschüler und Lehrer, auch einige Fächer wurden hier etwas anders unterrichtet, als ich es gewöhnt war. Ich war bereits im Garten, als ein Polizist in der Haustür neben Oma erschien.

„Das ist er!", rief sie und zeigte mit ihrem dünnen Finger auf mich.

Der Polizist ging auf mich zu, während Oma in der Tür wartete. Ich bewegte mich nicht, da ich noch immer nicht wusste, um was es ging.

Ein weiterer junger Polizist erschien neben Oma und schaute neugierig zu mir hin. Erst jetzt fiel mir auf, dass keines der anderen Kinder zu sehen war, obwohl es schon nachmittags war. Vermutlich hatte man sie alle ins Haus befohlen.

Als der ältere Polizist unmittelbar vor mir stand, packte er mich ohne Vorwarnung am Arm und legte mir grob Handschellen an. Dann sagte er mit offizieller Stimme: „Mbu Maloni, du bist verhaftet!"

Ich konnte seinen Worten nicht glauben. Ich war sicher, dass es sich um einen Irrtum handeln musste, da ich mir doch in keiner Weise etwas hatte zuschulden kommen lassen, seit ich wieder hier war.

Empört fragte ich den Uniformierten: „Aber warum? Ich habe nichts getan!"

Inzwischen standen sie beide vor mir. Sie schoben mich zu ihrem Polizeiwagen, öffneten die hintere Klappe und schubsten mich hinein.

„Du weißt genau, was los ist!", schnauzte mich der Jüngere an und grinste dabei, bevor er die Klappe zuschlug und von außen verriegelte.

Der ältere Polizist startete den Motor. Während das Auto langsam wendete und dann die Straße hinabfuhr, drehte er sich zu mir und rief über den Motorenlärm hinweg: „Du hast diesen kleinen Jungen missbraucht, der netterweise sein Bett mit dir geteilt hat – du bist ein elender Vergewaltiger!"

Es war, als hätte jemand mit einem schweren Hammer auf

meinen Kopf geschlagen. Das war jenseits meiner schlimmsten Vorstellungen. Es gab nur einen Menschen, der so was Furchtbares aus Rache bedacht haben konnte ...

* * *

Den Rest des Tages geschah nicht mehr viel. Man fotografierte mich und nahm meine Fingerabdrücke. Ich musste mehrere Formulare unterschreiben. Nicht alle verstand ich wirklich. Auf dem Polizeirevier war eine kleine Zelle, in die ich danach eingesperrt wurde. Die Nacht musste ich darin mit einem älteren und total betrunkenen Kerl verbringen, der nur schnarchte und kein Wort sagte.

Auch am zweiten Tag passierte nichts. Erst am dritten Tag wurde ich zu einem Gericht gebracht, das nicht weit weg war. Der Vorsitzende Richter war ein *Boer*, ziemlich alt und mit erkennbarem Abscheu mir gegenüber. Er erklärte mir die Anklage in *Afrikaans*, was dann in *Xhosa* übersetzt wurde, obwohl ich jedes Wort verstanden hatte, da ich in der Schule nicht schlecht in dem Fach war.

Man klagte mich an, Ababalwe nachts mehrfach vergewaltigt zu haben. Und angeblich hätte ich ihm mit Schlägen gedroht, falls er es jemandem erzählen würde. Ich war überzeugt, dass er so eine Geschichte niemals selbst erfunden haben konnte.

Zuletzt blätterte der Richter in einigen Papieren, bevor er aufsah und mich streng fragte: „Schuldig oder nicht?"

Mir war klar, dass ich für mein Recht allein zu kämpfen hatte. Ich schaute ihn aufrecht an und antwortete in *Afrikaans*: „*Nie skuldig nie* – unschuldig!"

Der Richter sagte kein weiteres Wort, sondern machte nur noch ein paar Notizen. Dann wies er einen der Wachleute an, mich aus dem Saal zu führen. Ich wurde wieder zu einem Polizeiauto gebracht, aber dieses Mal ging es nicht zum Polizeirevier. Wir fuhren auf eine der Autobahnen, die weg von Graaff Reinet führten. Wohin?

„Nach PE", antwortete der Fahrer. PE steht für *iBhayi*, die große Hafenstadt Port Elisabeth im Ostkap.

Mein Rücken schmerzte von der langen Fahrt auf der harten Bank im vergitterten Hinterteil des Autos, als wir endlich am späten Nachmittag am Stadtrand von PE bei einem modernen großen Gebäude ankamen, das von hohen Mauern mit Stacheldraht obendrauf umgeben war – ein Gefängnis für Jungen und junge Männer von fünfzehn bis etwa zwanzig. Ich war einen Monat vorher gerade siebzehn geworden.

✳ ✳ ✳

Zuerst ging es durch mehrere Sicherheitstore mit Kameras und Wächtern, die sogar Maschinenpistolen hatten. In einem Raum musste ich alle Tasche leeren. Dann wurde ich noch mal genau durchsucht, auch meine Schuhe und meine Unterwäsche. Immerhin durfte ich danach meine normalen Sachen wieder anziehen. Am Ende wurde ich in eine Riesenzelle mit vielen anderen Gefangenen gebracht, manche jünger, manche älter als ich. Bestimmt um die fünfzig nur in dieser einen Zelle. Mir fiel auf, dass einige die Namen ihrer Gangs auf die Oberarme tätowiert hatten, einer auch auf den Hals, ein anderer auf die Brust.

Einer der Älteren tickte mir auf die Schulter, als ich einen Platz am Rand für mich finden wollte: „*Uzotini apha* – warum bist du hier?"

Jeder schaute in unsere Richtung. Er hatte auf dem Handrücken das Zeichen der *Ama26* tätowiert. Die *Ama26* waren für Einbrüche und Diebstähle bekannt, die *Ama28* dagegen auch für Morde gefürchtet. Mir war klar, dass jedes falsche Wort oder sogar eine falsche Bewegung tödlich werden könnten. Wenn nicht sofort, dann sicher in einer der Nächte.

„Ladendiebstahl", antwortete ich und guckte ihm direkt ins Gesicht.

Er erwiderte meinen Blick lange und prüfend und wies schließlich mit der Hand auf eine unbenutzte, schmutzige Matratze in der Nähe: „*Phaya* – hier!"

Zum Glück kannte ich von den Banden aus *Masiphumelele* einige Worte der Knastsprache. Obwohl weder Atie noch ich jemals ein Gangmitglied gewesen waren, hatten wir doch manchmal in einer der *Shebeens* den Älteren zugehört, wenn sie mit ihren Abenteuern im Knast angaben. Diese Sprache war ein Mix aus *Zulu*, *Xhosa* und anderen afrikanischen Sprachen, wie sie auch von vielen Minenarbeitern gesprochen wurde.

Als Gesetz galt: Wenn du zur richtigen Bande gehörst, bist du sicher. Wenn du Mitglied der falschen bist, solltest du zu beten anfangen.

Da der ältere Junge den Namen *Ama26* als Tätowierung hatte, gab es Hoffnung für mich. Deren Geheimworte kannte ich am besten. Mein erster Eindruck war auch, als würden die *Ama26* die Mehrheit in dieser Zelle bilden und sie regieren.

Als ich mich gerade auf meiner Matratze niedergelassen hatte, stand auch schon eine Gruppe von Jungs um mich herum. Deren Anführer, ein muskulöser Kerl, der seinen Kopf rasiert und ein Mädchen mit nackten Brüsten auf dem Oberarm tätowiert hatte, sprach mich leise an: „*Phakama* – steh auf!"

Ich erhob mich und wusste, dass mein Moment gekommen war.

Sein Gesicht war so nah, dass ich seinen warmen Atem spüren konnte, als er flüsternd fragte: „*Ungubani* – wer bist du?"

Da kein Zweifel mehr bestand, dass die *Ama26* hier das Sagen hatten, antwortete ich ebenso in Flüsterton mit ihrem Geheimwort: „*Ndiyi mpumalanga* – ich komme aus dem Osten, vom Sonnenaufgang."

Er stieß mich zurück auf die Matratze und rief so laut, dass alle es hören konnten: „*Kulungile* – alles okay, Kleiner. Folge unseren Gesetzen, dann geschieht dir nichts."

Um Punkt sechs Uhr abends gab es das letzte Mal am Tag Essen in einem riesengroßen Saal. Um sieben Uhr wurden alle wieder in den verschiedenen Zellen eingeschlossen.

Dies war der erste von genau einhundertachtundfünfzig Tagen. Das sind fast sechs Monate. Im Knast wird jeder Tag gezählt. Ich tat es genau so.

* * *

Die Tage waren hart. Die Nächte waren der reine Horror. Wie wichtig es war, die richtigen geheimen Worte zu kennen, hatte ich nun schon erlebt. Mit viel Glück hatte ich die richtige Antwort gegeben. Andere hatten weniger Glück.

Es gab verschiedene Strafen. Einfache und schwere. Strafen von den Wächtern und andere von den Mitgefangenen. Die von den anderen Jungen waren die brutalsten.

Der Raum in unserer Zelle war exakt aufgeteilt. Die beste Ecke weit weg von der Tür gehörte den *Ama26*. An der zweitbesten Stelle bei den Wasserhähnen hatten sich die brutalen, aber wenigen *Ama28*-Leute etabliert. Der Rest war offenes Gebiet. Jeder wusste jedoch in kürzester Zeit, wo die unsichtbaren Grenzen verliefen. Das Licht blieb die ganze Nacht angeschaltet, so dass man nicht wirklich ignorieren konnte, was sich abspielte.

Nach dem Abendessen zogen sich die meisten Leute auf ihre Matratzen zurück. Einige taten so, als versuchten sie, sich zu entspannen. Manche lasen Fußballzeitungen, andere arbeiteten an den gegenseitigen Tätowierungen. Wieder andere machten Geschäfte: Sie handelten mit *Dagga* oder planten sogenannte Aktionen für die Nacht. Waren die Zellen einmal am

Abend verschlossen, kümmerten sich die Wächter in aller Regel nicht mehr um das, was sich drinnen abspielte.

Obwohl ich mich einigermaßen sicher fühlte, blieb ich doch nervös. Ich versuchte, so wenig wie möglich aufzufallen. Als der Typ im Stapelbett links über mir von seinen zahlreichen Freundinnen zu erzählen begann, antwortete ich nur mit Ja oder Nein und tat so, als sei ich todmüde. Schließlich fand er jemand anders, der ihm zuhörte. Irgendwann muss ich tatsächlich eingeschlafen sein.

Wach wurde ich von entsetzlichen Schreien. Vielleicht war es auch ein einziger langer Schrei gewesen, denn als ich einigermaßen bei mir war, sah ich, dass jemand dem armen Kerl, um den es ging, schon ein Handtuch vors Gesicht gepresst hatte.

Niemals zuvor hatte ich so etwas Brutales in meinem Leben gesehen: Nur wenige Meter entfernt hatte eine Gruppe von fünf oder sechs älteren Jungen einen anderen in etwa meinem Alter gezwungen, sich so über einen Tisch zu legen, dass er mit dem Bauch und Gesicht auf der Platte lag, während seine Beine hinten runterhingen. Seine Hose hatten sie ihm runtergerissen und das Hemd nach oben geschoben. Das alles ging ohne Worte vor sich.

Als ich wach geworden war, sah ich als Erstes, wie einer von den Älteren, der hinter ihm gestanden hatte, sich die eigene Hose wieder hochzog. Er lachte und rief: „*Olandelayo* – der Nächste!"

Ein Zweiter aus der Bande öffnete seine Hose und begann

den armen Jungen auf dem Tisch zu vergewaltigen. Die meisten anderen Gefangenen schauten schweigend zu. Nur wenige taten so, als schliefen sie.

Ich hatte inzwischen eine Decke über meinen Kopf gezogen, starrte aber trotzdem durch einen Spalt weiter auf das entsetzliche Geschehen. Wenn es doch nur ein Albtraum gewesen wäre. Aber das hier geschah vor meinen eigenen Augen ... und ich wusste bei Gott nicht, was ich hätte tun können, um dem Jungen zu helfen. Außer zu beten, dass sie nicht eines Tages mich packen würden. In manchen Nächten gab es mehr Vergewaltigungen als Schlägereien. In anderen Nächten wurden mehr verprügelt.

✳ ✳ ✳

Ich muss zugeben, dass ich bis heute nicht über alle Einzelheiten, die ich damals im Knast in PE erlebte, reden und noch nicht mal schreiben kann. Vielleicht geht es eines Tages, wenn ich älter bin. Jetzt ist es einfach noch zu schmerzlich. Mein Herz beginnt dann wie verrückt zu schlagen. Ich werde unruhig. Ich kann mich nicht konzentrieren. Vielleicht ist es eines Tages möglich.

Der Tagesablauf im Knast war immer der gleiche. Um sechs Uhr Aufstehen und Waschen, Frühstück um sieben Uhr. Von morgens acht bis vierzehn Uhr am frühen Nachmittag gab es Unterricht in kleinen Klassen. Keine leichte Aufgabe für die armen Lehrer. Die meisten Jungen weigerten sich schlicht, auch nur etwas zu lernen. Ich verhielt mich ruhig. Ich antwortete nur, wenn ich direkt gefragt wurde. Niemals meldete ich mich freiwillig.

An den Nachmittagen konnten wir uns auf dem streng bewachten Innenhof aufhalten. Hier lernte ich einen Jungen in meinem Alter kennen, der mir noch einige andere wichtige Knastgesetze beibrachte. Er hieß Sivuyile. Dank ihm wurde ich in eine der Fußballmannschaften aufgenommen. Hier wurde ich zum ersten Mal auch von jenen akzeptiert, die nicht zur *Ama26*-Gang gehörten. Zum Glück war ich nicht schlecht im Fußball.

Scheinbar ewig musste ich auf meinen Gerichtstermin warten, immer wieder wurde er verschoben. Ich war nun bereits über zwei Monate eingesperrt. Endlich besuchte mich ein schwarzer Anwalt. Es war die erste gute Erfahrung nach vielen Wochen. Er hörte aufmerksam zu, machte sich Notizen, und als er weg war, dachte ich: *Mhlawumbi* – vielleicht ... glaubt er mir wirklich!

Als ich endlich die erste Vorladung zum Gericht hatte, dauerte es gerade mal zehn Minuten. Der Richter verschob alles erneut, da die vorgelegten Beweise zu widersprüchlich waren. Außer dem jungen Anwalt kam nun auch ab und zu eine Sozialarbeiterin zu Besuch. Eine freundliche junge Frau, die Karen hieß. Eines Morgens fragte sie mich, ob sie etwas für mich tun könne, und ich bat sie, Ta Simpra oder den Doc anrufen zu dürfen. Die ganze Zeit hatte ich mich schon gefragt, was die Leute in *Masiphumelele* von dem Drama hier gehört haben mochten.

Schon einen Tag später wurde ich in Karens Büro gerufen. Sie sagte mir, ich solle warten, weil der Doc jeden Moment zurückrufen würde. Als tatsächlich das Telefon läutete und sie mir den Hörer gegeben hatte, war ich so aufgeregt, dass ich nur stammeln konnte: „Bitte, Doc, hilf mir, hier rauszukommen ...“ Er sagte mir zu, dass eine andere Sozialarbeiterin aus *Masiphumelele* sich in den nächsten Tagen bei Karen melden würde.

Von jetzt an wagte ich wieder zu hoffen. Gut eine Woche später konnte ich am Telefon mit Nomfuneko, jener angekündigten Sozialarbeiterin, sprechen. Sie sagte mir, dass sie sich um einen Wohnplatz bemühen würde, da *Gogo* und alle, die sie kannten, mich niemals mehr aufnehmen wollten. Überall hatte sie die Geschichte meiner angeblichen Vergewaltigungen weitererzählt. Sogar daheim bei meiner Mutter und Tante Nompumelelo. Würden die wirklich *Gogo* glauben – oder am Ende doch mir?

Als am elften Juni 2010 die Fußballweltmeisterschaft in Südafrika begann, war ich immer noch im Gefängnis. Zu meiner Überraschung durften wir beinah alle Spiele vor dem Fernseher erleben. Vielleicht auch nur, weil die Wächter im Knast ebenfalls nichts versäumen wollten. Wie alle anderen jubelte ich zuerst für unsere Mannschaft *Bafana Bafana*. Als wir schon in der ersten Runde ausschieden, entschied ich mich für Spanien. Es gab viele Wetten, und ich hätte wohl einiges an Bargeld verdienen können. Aber ich wollte es nicht, denn tief in mir war ich einfach nur traurig. Wenn ich all die jubelnden Menschen aus der ganzen Welt in den tollen neuen Stadien überall in Südafrika sah, dachte ich immer: Wer sieht mich ... hier in diesem bescheuerten Knast mit so vielen brutalen Typen? Sowohl die Vergewaltigungen als auch die Prügeleien gingen auch während der WM unvermindert weiter.

Und wieder verging so viel verlorene Zeit. Doch immer wieder sagte ich mir: Es gibt ein paar Menschen, die an dich denken. Nur das ließ mich nicht aufgeben. Nur dies – dass da ein paar Leute waren, die nicht an Omas Geschichte glaubten.

* * *

Es war an einem Morgen Ende Juli, als mein Anwalt sehr früh auftauchte und mich aufforderte, alle Sachen zu packen: „Wir haben eine gute Chance. Höchstwahrscheinlich wird heute ein Urteil gesprochen. Ich konnte erreichen, dass ein anerkannter medizinischer Sachverständiger hinzugezogen wird ...“

Als ich den Gerichtssaal betrat, sah ich sofort, dass Oma und ein paar andere Leute aus *Masizakhe* hinten bei den Zuschauern saßen. Auch Ababalwe war dabei. Ich vermied, auch nur in ihre Richtung zu schauen.

Nach der Eröffnung wurden verschiedene Zeugen und Experten aufgerufen. Der Richter war auch dieses Mal ein *Boer*, er jedoch behandelte jeden, auch mich, mit gleicher Achtung.

Als der Arzt aufgerufen wurde, machte er eine Aussage, die deutlich der Anklage von *Gogo* widersprach: „Ich untersuchte den Jungen, der sagte, dass er Opfer einer Vergewaltigung gewesen sei. Ich konnte keine Spuren von sexueller Gewalt finden. Ich kann nicht ausschließen, dass es freiwillige sexuelle Aktivitäten zwischen den beiden minderjährigen Jungen gegeben hat, sicher jedoch keine sexuelle Vergewaltigung."

Während der Übersetzer noch dabei war, das Englische ins *Xhosa* zu übertragen, sprang Oma schon von ihrem Stuhl auf und rief in den Saal: „Wollen Sie behaupten, dass ich gelogen habe?"

Der Richter befahl Oma, sofort still zu sein und sich zu setzen, da er sie andernfalls aus dem Saal entfernen lassen würde. Danach zog sich der Richter zur Beratung zurück, und wir mussten warten. Ich sah niemand an und betete nur leise. Dann mussten wir uns alle erheben – der Richter kehrte zurück zur Verkündung des Urteils.

Zuerst las er erneut alle Anklagepunkte vor, erklärte dann, dass es zu viele Widersprüche und keinerlei Beweise gebe. Schließlich sprach er, an mich gerichtet, die folgenden Worte: „Der Angeklagte, Mbu Maloni, wird hiermit von allen Anklagen freigesprochen."

Etwa eine halbe Stunde später durfte ich das Gericht als freier Mann verlassen.

„Wohin gehst du jetzt?", fragte mich der junge Anwalt, der mir so sehr geholfen hatte.

„Keine Idee", antwortete ich ehrlich. Aber ich lächelte endlos erleichtert. So viel hatte ich schon überlebt.

Irgendwie würde ich zurückfinden zu meinen Freunden Atie und Yamkela.

Ein echtes Zuhause

iKhaya eli lilo

Als die meisten Leute schon das Gerichtsgebäude verlassen hatten, sah ich, dass eine Frau zurückgeblieben war, scheinbar um auf mich zu warten – eine der erwachsenen Töchter von Oma. Ich war nicht sicher, was sie wollte, und ging eher vorsichtig auf sie zu. Aus der Nähe jedoch konnte ich sehen, dass sie nicht böse dreinschaute.

„*Uxolo* – es tut mir leid, Mbu, was meine Mutter getan hat, wirklich! Kann ich dir irgendwie helfen?“

„Ich muss von hier weg. Ich möchte zurück nach *iKapa*. Aber zuerst brauche ich noch meine Sachen aus Omas Haus. Kannst du die für mich holen?“

Sie nickte und bezahlte sogar meinen Fahrschein zurück nach Graaff Reinet. Als wir in *Masizakhe* ankamen, versprach sie: „Ich hole dir deine Sachen aus dem Haus meiner Mutter. Und da ist noch eine Tante aus der Familie deiner Mutter, die angeboten hat, dass du bis zur Rückfahrt bei ihr übernachten kannst.“

Omas Tochter hielt ihr Wort. Sie brachte nicht nur meine Sachen, sondern sogar noch alles, was einmal Mavusi gehört hatte. Ich war dankbar für seine Kleidung, obwohl sie alt und zerrissen war. Aber es war doch etwas von ihm.

Ich packte alles in eine große Tasche. Dann verbrachte ich zwei Nächte bei jener Tante, die so schweigsam war, dass ich mir bis heute nicht sicher bin, ob sie eher Oma oder mir glaubte.

Die größte Schwierigkeit war nun jedoch noch, von Graaff Reinet zurück nach *iKapa* zu kommen. Leider konnte die Tante mir nicht mit dem nötigen Fahrgeld für die so weite Strecke helfen. Schließlich fasste ich einen Plan: Ich müsste mit Ta Simpra oder dem Doc sprechen – und dann war klar, was ich zu tun hatte.

Ganz früh am nächsten Morgen, es war noch dunkel draußen, dankte ich der Tante, dass sie mich zwei Tage aufgenommen hatte, ohne es irgendjemand zu verraten, und lief dann zur Straßenkreuzung, wo es zur Autobahn nach PE geht. Dort stellte ich mich an den Straßenrand, um eine Mitfahrgelegenheit zu bekommen. Ich hatte Glück, und schon eine Stunde später hielt ein Laster. Ich konnte aufspringen – zurück zum Gefängnis.

Der Wächter am Haupttor wollte kaum seinen Augen trauen, als er mich sah, nachdem ich die Klingel für Besucher gedrückt hatte: „Hey, Mbu, bist du verrückt? Du bist der einzige Gefangene, der jemals freiwillig zurückgekommen ist. Hat dir unser Essen so gut geschmeckt?"

Aber er öffnete dann doch, und als ich einmal durch den Metalldetektor war, erlaubte er mir sogar, in Karens Büro anzurufen. Zum Glück war sie im Dienst.

„Bitte, Karen, kannst du den Doc anrufen oder die Sozialarbeiterin Nomfuneko? Ich kann unmöglich in *Masizakhe* bleiben und will sie fragen, ob sie mir helfen würden, zurück nach Kapstadt zu kommen."

Ich sah, dass Karen mich wirklich mochte. Zuerst machte sie ein paar interne Anrufe, um zu sehen, ob ich ein oder zwei Nächte im Besucherzimmer übernachten könnte. Und dann erreichte sie tatsächlich den Doc und kam wenig später mit der besten aller Nachrichten.

„Er sagt, dass ein Bett freigeworden ist im HOKISA-Kinderhaus ... sie nehmen dich auf, wenn wir deine Fahrkarte bezahlen können. Glückwunsch, Mbu!"

Aber ich war noch immer besorgt: „Können Sie denn die Fahrkarte bezahlen?"

„Ich werde es tun", antwortete Karen, und zum ersten Mal lächelten wir beide gleichzeitig. Ich würde niemals mehr Vorurteile gegen Sozialarbeiter haben.

Schon zwei Tage später, erneut in aller Herrgottsfrühe, brach ich auf, nachdem mich einer der Aufpasser geweckt und zum Haupttor gebracht hatte. Er fuhr mich in einem Auto vom Gefängnis bis zur Bushaltestelle und gab mir dann den Fahrschein. Daran war ein Zettel mit einer Notiz von Karen geheftet: „Viel Glück, Mbu! Und komm niemals wieder!"

Um sechs Uhr, beim ersten Tageslicht, fuhr der Bus los in Richtung Kapstadt.

* * *

Als ich nach gut dreizehn Stunden Fahrt in Kapstadt ankam, war es erneut dunkel draußen. Es war verabredet worden, dass ich beim Büro der Buslinie warten sollte, bis der Doc in seinem alten Toyota mich abholen würde.

Es gibt Zeiten im Leben, wo alles schief geht. Und andere, wo alles zu gelingen scheint, wo du das richtige Los gezogen hast. Vielleicht für einen Tag, vielleicht für länger?

Noch hielt mein Glück an. Ich erblickte ihn, bevor er mich sah. Er kam wie ein Vater, der seinen Sohn vom Bahnhof abholt. Er trug meine schwere Tasche über seiner Schulter und verstaute sie im Gepäckraum des Autos. Während wir fuhren, bot er mir etwas zu trinken an.

„Hungrig?"

„Ja ... Danke!"

Wir redeten nicht viel. Er gab mir ein belegtes Brot und einen Apfel.

Als wir endlich beim Kinderhaus in *Masiphumelele* ankamen, entriegelte Ta Simpra das große Tor. Es wehte ein eiskalter Wind in der Nacht. Immerhin war es Ende Juli, mitten im Winter am Westkap. Mehr als sechs Monate war ich weg gewesen.

Der Doc gab mir den Schlüssel zum Gartenhaus, ein kleines

Steingebäude gleich neben dem Eingang und eine Art Anbau zur Praxis des einzigen Arztes im *Township*. Alle Wände waren weiß gekalkt, es gab einen Schrank, einen Stuhl, ein Bett mit frischen Laken sowie einen kleinen Tisch mit einer Lampe. Man konnte riechen, dass alles gerade frisch gestrichen war.

„Bin erst heute Nachmittag fertig geworden", meinte Ta Simpra.

Es war fast Mitternacht, als beide gingen und ich die Tür von innen abschloss. Eigentlich hatte ich fest vorgehabt, noch zu Atie und Yamkela zu gehen, egal wie spät.

Aber etwas Neues war geschehen. Ich fühlte mich sicher, wie ich es nie zuvor erlebt hatte. Jemand hatte mich vom Bahnhof abgeholt, einfach so. Jemand hatte ein Bett für mich bezogen, und Ta Simpra hatte das Zimmer für mich gestrichen, einfach so. Alles für mich. Nicht für Geld. Warum?

Ich war mir nicht sicher. Etwas völlig Neues war in meinem Leben geschehen. Etwas Gutes. Ich mochte den Geruch der frischen Farbe und entschloss mich, heute Nacht nirgendwo mehr hinzugehen.

✳ ✳ ✳

Am Morgen darauf schlief ich viel länger als sonst. Es war schon Tageslicht, als jemand an die Tür klopfte. Draußen stand einer der älteren Jungen: „Mbu, bist du's? Steh auf, Mann, du kannst mitkommen zur Schule!"

In der Oberschule in *Masiphumelele* wurde mir erlaubt, in die zehnte Klasse einzusteigen, obwohl ich praktisch das gesamte erste Halbjahr versäumt hatte. Ich versprach, bei Nachhilfegruppen mitzumachen, um aufzuholen, was ich verpasst hatte. Noch am gleichen Nachmittag ging ich zum Einkaufszentrum, um die hellblaue und graue Oberschuluniform zu kaufen mit Geld, das mir Ta Simpra dafür gegeben hatte.

Ich kaufte schwarze Halbschuhe bei *Ackermans* – und zahlte stolz an der Kasse. Im *PEP*-Laden nebenan erwarb ich Hosen, zwei Hemden und eine Jacke gegen Wind und Regen. Niemand erkannte mich von meinem letzten Besuch, als ich mit dem kleinen Modise hier gewesen war. Es tat so gut zu bezahlen. Es tat so gut, das Richtige zu tun.

Einen Moment dachte ich daran, alles umzutauschen, nur um noch einmal alles richtig machen zu können. Beim Ausgang lachte ich den Wachmann an, der freundlich und nichts ahnend zurücklächelte.

Von dort ging ich direkt zu Mutters Hof. Ich hatte keine Ahnung, was die Leute hier wussten und was Oma ihnen am Telefon erzählt hatte. Da Tante Nompumelelos *Shack* gleich beim Eingang zum Hof war, klopfte ich bei ihr zuerst an.

Sie öffnete und schaute mich böse an. Obwohl ein kalter Wind wehte, bat sie mich nicht herein: „Mbu, du hast etwas Schlimmes gemacht! *Suka* – geh weg! Wir wollen dich hier nicht mehr sehen!"

Ich versuchte, sie am Schließen der Tür zu hindern:

„*Kodwa* – aber es ist nicht wahr! Ich habe den Jungen nicht angefasst!"

Doch sie schloss die Tür und verriegelte von innen. Dann stellte sie sogar das Radio lauter, nur um mich nicht zu hören. In Mutters *Shack* war niemand, nicht mal die Kleinen.

Von hier aus lief ich zu Yamkela. Auch hier war alles dicht. Ob meine Glückssträhne schon wieder vorbei war?

Obwohl ich mit zwei Einkaufstüten und einer neuen Uniform heimkehrte zu meinem Gartenhaus, war ich doch traurig über die Reaktion meiner Tante, die mir immer so viel bedeutet hat. Wie konnte sie mir nicht glauben und dafür Oma?

Als ich durchs Tor ging, sah ich, wie zwei Typen sich neben meinem Gartenhaus vor dem kalten Wind zu schützen suchten – meine Freunde Atie und Yamkela!

„Willst du uns hier erfrieren lassen, Mbu?", schimpfte Atie, aber ich sah ein breites Grinsen auf beiden Gesichtern.

Sie kamen in mein kleines Zimmer. Atie saß auf dem Bett, Yamkela auf dem einzigen Stuhl und ich auf der Erde. Wir erzählten, bis es draußen dunkel war … Ich war zu Hause angekommen, nicht bei meiner eigenen Familie, sondern bei einer anderen Art von Familie. Leute, die zu mir hielten.

✳ ✳ ✳

Ich muss zugeben, dass es ein paar Wochen dauerte, bis ich den anderen Erwachsenen und allen Kindern und Jugendlichen bei

HOKISA wirklich vertraute. Ich konnte lange nicht glauben, dass sie einfach nett waren. Vielleicht taten sie nur so, und eines Tages müsste ich bitter für alle Freundlichkeiten bezahlen? Was dachten sie über die Behauptungen, dass ich ein Vergewaltiger sei?

Nach einer Weile wusste ich, dass das halbe *Township* von meiner Verhaftung und der Zeit im Gefängnis gehört hatte. Und weil sich Gerüchte in *Masi* schneller als Steppenfeuer verbreiten, wurden sie auch zunehmend wilder: Mbu hat fünf Mädchen vergewaltigt ... Mbu hatte gleichzeitig Sex mit einer Prostituierten und ihrer Mutter ... Mbu ist ein Schwuler und wurde von zwei Männern vergewaltigt ... Mbu hat alle kleinen Jungs in der Grundschule vergewaltigt ... Ich versuchte, all den Unsinn zu ignorieren. So weit wie möglich.

Aber es war nicht immer leicht. Manchmal sah ich, wie Mädchen in meinem Alter, die ich gar nicht kannte, anfingen zu kichern, wenn sie mich sahen, und mit dem Finger auf mich zeigten. Sobald ich näherkam, schauten sie in eine andere Richtung. Oder an einem Abend, als ein Betrunkener hinter mir herrief: „Hey Mbu – wie ist der Sex mit kleinen Mädchen? Mit wie vielen hast du es getrieben? Hat es Spaß gemacht?" Dann lachte er schrill, und ein paar andere stimmten mit ein.

Niemand im Kinderhaus hatte bislang etwas gegen mich gesagt. Aber sie mussten doch auch die Gerüchte gehört haben. Ich versuchte, ihnen ins Herz zu schauen, aber es gelang nicht. Im Gegenteil wurde ich immer misstrauischer, zuweilen wegen gar nichts. Als eine der Erzieherinnen mir etwas weniger Essen auftat als am Vortag, dachte ich: Jetzt hat sie es auch gehört und glaubt es. Oder als die anderen Jungs mich nicht zum Fußball einluden, dachte ich: Jetzt denken sie vielleicht auch, dass ich Ababalwe vergewaltigt habe?

Obwohl wirklich niemand etwas gesagt hatte, wurde ich langsam paranoid. Es gab Tage, an denen ich mit niemandem reden wollte. Nach dem Abendessen ging ich sofort zu meinem Zimmer und schloss ab. Für eine Weile vermied ich sogar, Atie oder Yamkela zu treffen, damit mein schlechter Ruf nicht auf sie abfärbte.

Dann kam ein Abend, an dem der Doc eine Geschichte erzählte, bei der ich auch zuhören sollte. Er sprach über einen Straßenjungen, der Mbongi hieß und den viele von uns kannten. Der Doc hatte Mbongi eine ziemlich gute Schule besorgt, aber der Junge war nach nur drei Monaten zu seiner Straßenbande von *Tikkops* zurückgekehrt. Er fragte uns, die etwa im gleichen Alter waren, um Rat: „Wie kann er sein Leben so zerstören? Warum hat er diese Chance nicht mit beiden Händen ergriffen und festgehalten?"

Eines der älteren Mädchen meinte: „Mbongi vertraut niemandem außerhalb seiner Bande. Selbst wenn die älteren *Tsotsies* ihn schlagen, bleibt er bei ihnen. Weil es das ist, was er kennt."

Für eine Weile schwiegen alle nachdenklich. Dann musste der Doc noch mal los. Wir hörten sein altes Auto vom Parkplatz fahren und dann in der Nacht verschwinden. Noch immer sagte keiner ein Wort.

Da schaute mich eine der älteren Erzieherinnen, Mama Eunice, an und fragte leise: „Mbu, du willst doch dein Leben ändern, nicht?"

Bis zu diesem Abend hatte ich im Kinderhaus noch nie mehr als drei Sätze hintereinander gesprochen. Ich weiß bis heute nicht, woher ich plötzlich wusste, dass ich jetzt reden musste. Ich musste allen Kindern und Erwachsenen genau erzählen, was passiert war, seit ich bei Oma angekommen war, dann die Monate im Knast, das Gerichtsverfahren – und am Ende meine Rückkehr nach *Masiphumelele*. Bestimmt redete ich eine halbe Stunde ohne Pause, und niemand unterbrach mich. Alle hörten zu. Es fühlte sich an, als würde eine große Last auf meinen Schultern kleiner.

Einer der älteren Jungen sagte: „Mbu, es ist gut, dass du bei uns wohnst." Und ein anderer klopfte mir auf die Schulter: „Sei nicht zu spät beim Fußball morgen, Mbu ... du bist echt gut im Mittelfeld."

Nicht viel später gingen wir alle zu Bett. Ta Simpra schloss das Haupttor ab wie jeden Abend. „*Lala kakuhle* – schlaf gut. Mbu!", sagte er. Einfach so.

* * *

Aber an jenem Abend konnte ich zuerst nicht schlafen. Ich war zu aufgewühlt von allem und lief in meinem kleinen Zimmer auf und ab. Dann packte ich alle Sachen Mavusis, die ich mitgenommen hatte, in eine Tüte und sprang damit über den Zaun auf die Straße. Niemand war mehr um diese späte Stunde und bei diesem Hundewetter unterwegs. Ich ging direkt zu Aties Wohnwagen. Ich weckte ihn auf und fragte ihn, ob er mitkommen könnte, höchstens für eine Stunde.

Eines der guten Dinge unserer langen Freundschaft war, dass Atie niemals unnötige Fragen stellte. Er zog sich einen warmen Pullover über und kam einfach mit. Er wusste, dass ich ihn dringend brauchte und ihn sonst niemals um diese Uhrzeit aufgeweckt hätte. Niemals weckst du einen guten Freund auf für nichts.

Es war nicht weit bis zu Mutters Hof. In der Feuerstelle, an der sich die Betrunkenen abends wärmten, war sogar noch etwas Glut. Ich nahm einen der Stöcke und pustete gegen das glühende Ende, bis sich eine kleine Flamme bildete.

Dann kippte ich die Tüte mit Mavusis Sachen genau in der Mitte zwischen Mutters *Shack* und Tante Nompumelelos *Shack* auf der Erde aus. Ich bat Atie um ein Gebet für Mavusi, für mich und ihn. Atie sprach mit tiefer ruhiger Stimme. Schließlich hielt ich den brennenden Stock an Mavusis alte Kleidung, und der Wind verwandelte alles innerhalb von Sekunden in ein wildes Feuer. Ich kniete so dicht daneben, wie es die Hitze des Feuers zuließ. Ich weinte und rief den Namen meines Bruders.

Alles brannte innerhalb kürzester Zeit nieder. Ich achtete darauf, dass keine Funken herumflogen und eines der *Shacks* entzündeten, was in einer windigen Nacht wie dieser leicht geschehen konnte.

Bevor wir gingen, berührte ich die noch warme Asche mit beiden Händen. Ich konnte die Wärme von Mavusi fühlen. Die Wärme seiner Liebe für mich, als wir beide noch klein waren. Und die ganze Zeit wusste ich, dass Atie genau verstand, was ich hier tat. Ich brachte ihn zurück zu seinem Wohnwagen. Wir sagten einander Gute Nacht, und ich sprang erneut über den Zaun vom Kinderhaus, ohne dass es jemand bemerkte. Ich schlief tief und ohne Träume bis zum nächsten Tag.

* * *

Zwei weitere Monate vergingen. Ich musste viel lernen für die Schule, da ich doch einiges versäumt hatte, wahrend ich im Knast war. Einmal besuchte ich Onkel Vukile, den ich vor langer Zeit bei Mavusis Beerdigung kennengelernt hatte und der in Ottery wohnte. Ich hatte seine Handynummer die ganze Zeit bewahrt. Er lebte in einem wackeligen *Shack* in einer Armensiedlung, die so klein war, dass sie nicht mal einen Namen hatte. Als ich wieder aufbrach, schenkt er mir zweihundert *Rand*, ohne dass ich darum gebeten hätte. Was für ein freundlicher Mann. „Sei ein guter Junge, Mbu", sagte er. Wir hatten nicht einmal über meine Eltern gesprochen.

Es gab Wochenenden, an denen ich Atie und Yamkela nicht auf unseren „Gängen" begleitete, wie ich es früher immer getan hatte. Aber beide blieben meine besten Freunde. Sie lachten nie darüber, dass ich oft noch zu lernen hatte.

Und dann kam jener Samstagabend. Es war der 23. Oktober 2010, der Tag, den ich niemals vergessen werde, egal wie lange ich lebe:

Wieder war ich daheimgeblieben, um noch irgendetwas für Englisch zu üben. Es war schon nach zehn Uhr, als ein paar Jungen wie wild am Haupttor rüttelten und dabei meinen Namen riefen: „Mbu, *vula*, Mbu – mach auf! Deinem Freund ist etwas Schlimmes passiert!"

Ich rannte nach draußen und öffnete, so schnell ich konnte. Dann redeten sie alle durcheinander, und erst nach einer Weile begriff ich die ganze schreckliche Wahrheit: Angeblich hatte Thando, ein Junge aus einer anderen Bande, Atie gereizt und seine Freundin eine Hure genannt. Atie hatte geantwortet, dass vielmehr Thandos Mutter die größte Schlampe sei. Das war die eine Version.

Eine andere war, dass Thando sofort mit einer Schlägerei begonnen hätte wegen eines Mädchens, hinter dem beide her waren. Thando war als ziemlich aggressiv bekannt, vielleicht war er auch schon länger auf *Tik*. Obwohl Atie jünger und kleiner war, hätte er sofort zurückgehauen und Thando mitten ins Gesicht getroffen. Und dann …

Darüber, was dann geschah, waren sich alle einig: Thando

hatte ein Messer gezogen und es mit voller Wucht in Aties Brust gestoßen. Atie brach sofort zusammen. Erst jetzt hatte ein älterer Nachbar eingegriffen und immerhin über sein Handy die Polizei gerufen. Die kam auch sogar mal schnell und rief ihrerseits sofort einen Krankenwagen. Der war gerade, vor höchstens zehn Minuten, in Richtung des nächsten Krankenhauses gerast.

„Und wie geht es Atie jetzt?", wollte ich voller Angst wissen.

Niemand wusste es. Ich griff mir meine Jacke, schloss das Tor ab und rannte mit den anderen zum Eingang unseres *Townships*. Vielleicht war von dort eine Mitfahrgelegenheit zum Krankenhaus zu bekommen.

Als wir bei der Haltestelle der Minibusse ankamen, blockierte dort ein Polizeiauto mit flackernder blauer Sirene die Ausfahrt. Einer der Polizisten sprang aus dem Wagen und lief auf uns zu, um uns anzuhalten.

„Wir sind Freunde des Verletzten und wollen ins Krankenhaus, um zu sehen, wie's ihm geht", versuchten wir ihm zu erklären.

„Ihr geht jetzt nirgendwohin!", schnauzte er uns an. Wir sahen uns kurz an und wussten, dass niemand uns aufhalten würde, wenn wir Atie finden mussten.

Als wir gerade in eine andere Richtung weglaufen wollten, hörten wir sein Funkgerät aufgeregt piepen, und dann rief eine schnarrende Stimme in *Afrikaans* etwas. Aber noch mehr Piepgeräusche machten es völlig unverständlich für uns.

Plötzlich war alles wieder still, und der eben noch grobe Polizist schaute nur traurig in unsere Richtung: „Jungs, ihr braucht nicht mehr rennen. Euer Freund ist bei der Ankunft im Krankenhaus gestorben."

Wir standen wie gelähmt. Atie, Atie, mein bester Freund Atie war tot! Umgebracht für nichts. Nur einen Monat vor seinem sechzehnten Geburtstag. Atie, Atie, Atie …

Keiner sagte ein Wort. Jeder von uns ging allein nach Hause. Als ich von der breiten Pokela-Straße in unsere kleine Seitenstraße einbog, sah ich ein anderes Polizeiauto langsam zum Eingang fahren. Hinten im Wagen war Thando durch das Gitterfenster zu erkennen.

✳ ✳ ✳

Yamkela hatte vorgeschlagen, dass ich im Namen aller Freunde eine Trauerrede für Atie schreiben solle. Die Beerdigung war zwei Wochen später. Sein Vater war dabei und die meisten seiner Freunde. Ich las die Worte laut vor und warf später das Papier mit zu Atie ins Grab. Erst dann wurde alles mit Sand gefüllt.

Es war ein paar Tage später, als ich den Doc fragte, ob er mir helfen würde, ein Buch über mein Leben zu schreiben. Wenn es mir jemals gelingen würde, wollte ich es Atie widmen.

Atie und den vielen anderen Kids wie ihm.

Danksagung

Wenn mir früher jemand gesagt hätte, dass ich jemals ein Buch schreiben würde, hätte ich bestimmt nur gelacht. Ich – ein Schriftsteller? Wer sollte schon Interesse daran haben, was ich schreiben würde?

Nachdem ich ein paar Bücher von Lutz van Dijk, einem der Direktoren des HOKISA-Kinderhauses in *Masiphumelele*, den ich im Buch „Doc" genannt habe, gelesen hatte, war ich sehr beeindruckt, dass du in seinen Geschichten oft ganz normalen jungen Leuten begegnest, die vielleicht nur etwas Ungewöhnliches tun. Sie versuchen, ihr Leben zu ändern. Sie versuchen, füreinander da zu sein. Sie übernehmen Verantwortung für ihre Zukunft.

Als ich ihn das erste Mal fragte, ob er mir helfen würde, meine Geschichte aufzuschreiben, hat er zurückgefragt: „Bist du bereit, hart zu arbeiten?"

Ich war für einen Moment still, und er fuhr fort: „Ein Buch zu schreiben ist nicht leicht. Vielleicht hast du bald genug davon. Vielleicht möchtest du alle traurigen oder peinlichen Erinnerungen lieber verdrängen. Bist du sicher, dass du es trotz allem tun willst?"

Ich wollte es: „Ja."

Aber noch einmal fragte er: „Warum, Mbu?"

„Weil ich hoffe, dass andere Kids in ähnlich schwierigen Situationen wie in meinem Leben durch mich ermutigt werden: niemals aufzugeben ... den Traum, dass es besser werden kann. Nicht auf die Rettung durch andere zu warten. Niemals zu betteln. Zu lernen. Daran zu arbeiten, der bestmögliche Mensch zu werden."

„Okay", antwortete er. „Lass uns beginnen ..."

Ich muss ehrlich zugeben, dass ich nicht jedes Kapitel allein geschrieben habe. Meist redeten wir erst, er machte Notizen, ich brachte ihm meine Notizen. Dann schrieb er einen ersten Entwurf. Den korrigierte ich, und wir änderten es immer wieder, bis wir beide zufrieden waren.

Immer wieder sagte er: „Dies ist zuerst dein Buch. Bestehe darauf, dass alles korrekt ist!" Und das tat ich. Wir einigten uns darauf, die Namen derjenigen zu ändern, die wir nicht um Erlaubnis fragen konnten – oder auch von denen, die wir nicht um Einverständnis fragen wollten wie Oma zum Beispiel. Oft musste ich Dinge weglassen, weil das Buch sonst tausend Seiten bekommen hätte.

Aber jetzt am Ende kann ich sagen: Ja, dies ist meine Geschichte. Wie ich sie erinnere. Andere mögen anderes erinnern oder wichtiger finden.

Mbu mit seinem Freund Yamkela und Lutz van Dijk

Mbus Freund Atie

144

Ich lebe noch immer. Nicht wie mein bester Freund Atie. Oder mein Bruder Mavusi. Niemand wird mich töten. Niemals.

Für jetzt möchte ich all denen danken, die mir geholfen haben, dass ich dort sein kann, wo ich heute bin.

Zuerst dir, „Doc". Ohne dich, Lutz van Dijk, hätte ich dieses Buch nie begonnen und nie abgeschlossen.

Dann möchte ich „Ta Simpra" danken, Simphiwe Nkomombini, dem Leiter der HOKISA-Jugendgruppe. Du bist der beste Pädagoge, den ich in meinem Leben getroffen habe. Dank auch an alle anderen Erwachsenen, Kinder und Jugendlichen bei HOKISA, dem ersten richtigen Zuhause in meinem Leben.

Ich möchte den Sozialarbeiterinnen Karen und Nomfuneko danken. Dank euch habe ich keine Angst mehr vor Sozialarbeitern.

Ich möchte meiner Tante Nompumelelo danken. Ich hoffe, dass du mir eines Tages wieder glauben wirst. Und meinem Onkel Vukile, der so großzügig ist trotz aller Armut. Meiner Mutter danke ich für meine erste Schuluniform.

Ich möchte allen meinen Lehrern danken, ganz besonders „Frau Naki" (im wirklichen Leben: Frau Nqgabi), Herrn Honono, Frau Mdlankomo und allen meinen jetzigen Lehrern und vor allem auch den Schulleitern der Ukhanyo-Grundschule, Herrn Thyali, und der Masiphumelele High School, Herrn Mafrika. Sie haben mir das Vertrauen geschenkt, dass ich lernen kann. Wir brauchen mehr Lehrerinnen und Lehrer wie sie in Südafrika.

Immer dankbar werde ich meinem Bruder Mavusi sein.

Er war der beste Bruder, den ich mir wünschen konnte, als ich klein war.

Am meisten danke ich jedoch meinen allerbesten Freunden Yamkela Dangesi (der einmal ein berühmter Musiker werden wird!) – und Atie Rwanqwa.

Ich werde dich niemals vergessen, Atie – *azose ndiku libale.*

Mbu Maloni
Masiphumelele, Mai 2011

Kleines Wörterbuch

Afrikaans
> eine der elf offiziellen Landessprachen Südafrikas, wird ge-
> sprochen von der „farbigen" Bevölkerung („Coloureds") und
> den niederländischstämmigen Weißen. Es ist die dritthäufigs-
> te Muttersprache (nach Zulu und Xhosa) von etwa dreizehn
> Prozent der Bevölkerung. Englisch ist die vierthäufigste Mut-
> tersprache in Südafrika.

Bafana
> „Bafana Bafana" ist der Spitzname der südafrikanischen
> Fußballnationalmannschaft und bedeutet so viel wie „junge
> Männer".

Blikkiesdorp
> wörtlich in Afrikaans: „Konservendosen-Dorf", ist der
> Schimpfname für ein ab 2007 von der Regierung errichtetes
> Wohngebiet von rund 1600 aus Blech gebauten Einraumhäus-
> chen in der Stadt Delft im südafrikanischen Westkap.

Boer
> wörtlich: Bauer (aus dem Afrikaans), negative Bezeichnung
> für niederländischstämmige Weiße

Clan
> Mehrere Familien formen einen Clan, ihm können einige
> Hundert Menschen angehören, die sich verwandt fühlen,
> auch wenn sie sich persönlich nicht kennen.

Dagga
> umgangssprachlicher Ausdruck für Haschisch in Südafrika
> (über alle Sprachgrenzen hinweg).

Ewe
   ja
Haybo
   nein (entrüstet oder besonders betont)
Hayi
   nein (gewöhnlich)
Makazi
   Tante
Malume
   Onkel
Minibus (oder: Taxibus)
   häufigstes Beförderungsmittel der armen Leute, da es
   kaum öffentliche Verkehrsmittel gibt. Die Minibusse werden
   von Privatleuten gefahren, die damit ihr Geld verdienen.
   Gleichwohl sind sie billig und oft überfüllt unterwegs.
NY
   Straßenbezeichnung im Township Gugulethu. NY ist eine
   Abkürzung für *Native Yard*, ein Wort aus der Apartheidzeit,
   das so viel heißt wie „Eingeborenenhof".
Pollsmoor
   Name des größten Gefängnisses im Süden von Kapstadt.
Polony
   billiger Wurstbelag (aus Fleischabfällen gefertigt)
Rand
   südafrikanisches Geld. Ein Rand entspricht etwa zehn Euro-
   cent.
Shack
   eine aus Abfällen (Holz, Wellblech, Pappe) gebaute Hütte
Shebeen
   Township-Kneipe

Spaza Shop

Township-„Tante-Emma"-Laden

Stoep

Veranda

Tik

eine billige Droge, die schnell abhängig macht und manche Menschen gewalttätig werden lässt. Jemand, der abhängig von *Tik* ist, wird in Afrikaans auch als *Tikkop* bezeichnet.

Township

Siedlungen für die nicht weiße Bevölkerung Südafrikas, zwangsweise errichtet zu Zeiten der Apartheid, als Menschen aus ihren Wohngegenden vertrieben und in Townships „umgesiedelt" wurden. Auch fast zwanzig Jahre nach Ende der Apartheid bestehen viele dieser Siedlungen mit vielen aus Armut resultierenden Problemen (wie Alkohol- und Drogen-Missbrauch und hoher Kriminalität) weiter.

Tsotsie

Ganove

Xhosa

Volk der Xhosa mit eigener Sprache und Kultur, vor allem in der südafrikanischen Ostkap-Provinz beheimatet. Nach Zulu die am häufigsten vorkommende Muttersprache in Südafrika (ungefähr 20 Prozent der Bevölkerung). Der erste demokratisch gewählte Präsident Südafrikas, Nelson Mandela (*1918), ist ein Xhosa.

Zulu

Volk der Zulu mit eigener Sprache und Kultur, vor allem in den Provinzen KwaZulu-Natal und Gauteng. Es ist die häufigste Muttersprache Südafrikas (ungefähr 24 Prozent der Bevölkerung). Der gegenwärtige Präsident Jacob Zuma (*1942) ist Zulu.

Das HOKISA-Kinderhaus

HOKISA ikhaya labantwana

HOKISA ist eine südafrikanische Organisation, die sich engagiert für Kinder und Jugendliche, die von Aids betroffen sind. HOKISA steht für *Homes for Kids in South Africa* – ein Zuhause für Kinder in Südafrika.

HOKISA wurde 2001 von der südafrikanischen Hochschullehrerin Karin Chubb und dem deutsch-niederländischen Schriftsteller Lutz van Dijk gegründet. Das erste HOKISA-Kinderhaus wurde am Welt-Aids-Tag 2002 von Friedensnobelpreisträger Erzbischof Desmond Tutu im Township Masiphumelele bei Kapstadt eröffnet.

Aktelle Informationen und Fotos aus der Arbeit von HOKISA auch unter: www.hokisa.co.za

Alle Einnahmen aus dem vorliegenden Buch gehen auf ein Sparkonto für Mbu Maloni, um ihm Ausbildung und Studium zu ermöglichen.

Wir danken allen Menschen in Südafrika, aber auch in Deutschland und anderen Ländern, die unsere Arbeit bei HOKISA unterstützen. Spenden in Deutschland (vom Finanzamt anerkannt) bitte an:

Förderverein HOKISA e.V.
Email: hokisa@bf-bonn.de
Tel.: 0228 – 963 66 66
Kontonummer: 833 7000
Bank für Gemeinwirtschaft Köln – BLZ: 370 20500

Mit Dank und Gruß aus Südafrika

Robyn Cohen (Direktorin von HOKISA)
Eunice Mbanjwa (Erzieherin)

Feier zum Welt-Aids-Tag 2003 im Garten des HOKISA-Kinderhauses in Masiphumelele: Mbus bester Freund Atie war damals acht Jahre alt und ist zu erkennen in der ersten Reihe als Dritter von links.

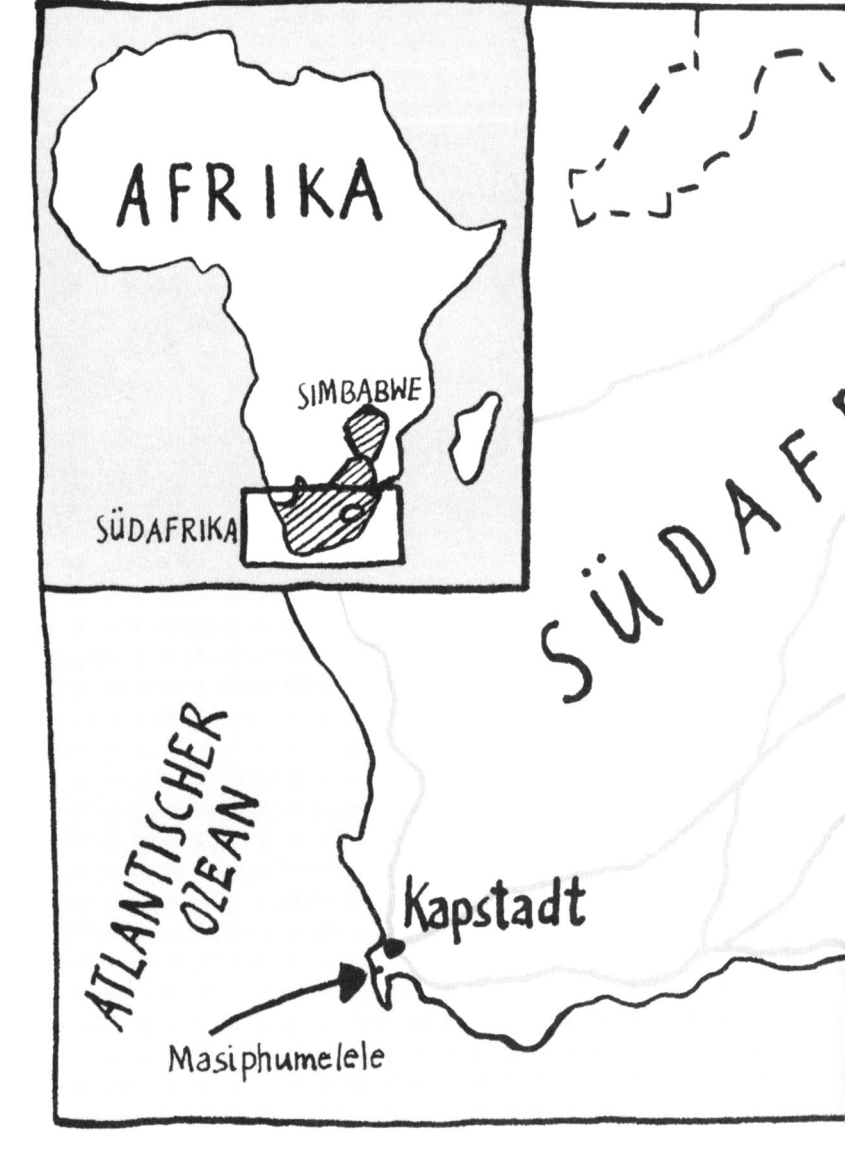

Johannesburg

SWAZILAND

K A

LESOTHO

Durban

INDISCHER
OZEAN

Marie-Florence Ehret

Tochter der Krokodile

160 Seiten, gebunden
ISBN 978-3-7795-0227-2

Das Mädchen Fanta ist glücklich in ihrem Dorf
in Burkina Faso. Bei der Großmutter und den
Freundinnen. Ihre Mutter Delphine kennt sie nur
vom Telefon. Delphine verdient weit weg, in Paris,
das Geld für ihre Familie. Eines Tages kann sie ihre
Tochter nach Jahren der Trennung endlich
besuchen! Doch Fantas Gefühle sind gemischt:
Was wird, wenn die Mutter sie mitnehmen will?
Fort aus Afrika?

PETER HAMMER VERLAG

Lutz van Dijk

Romeo und Jabulile

115 Seiten, gebunden
ISBN 978-3-7795-0281-4

Die 13jährige Jabulile hat gerade das Mädchenteam
von Masi mit einem Traumtor in Führung gebracht,
als plötzlich ein fremder Junge vor ihr steht und
strahlend gratuliert. Es ist Romeo, einer der
Flüchtlinge aus Simbabwe. Vielen im Township
sind „die Simbos" ein Dorn im Auge. Schon bald
beginnt die Jagd auf den Fremden und gleichzeitig
nimmt die Liebesgeschichte von Romeo und
Jabulile ihren Anfang. Ein Jugendbuch vor dem
Hintergrund wahrer Begebenheiten in Südafrika.

PETER HAMMER VERLAG

Mbu Maloni ist 1993 im Township Masizakhe im Ostkap von Südafrika geboren. Als er an dem Buch arbeitete, wohnte er im HOKISA Haus und besuchte die 11. Klasse der Masiphumelele High School bei Kapstadt.

Lutz van Dijk, Dr. phil., geboren 1955 in Berlin, lebt als Mitbegründer der Stiftung HOKISA (Home for Kids in South Africa) seit 2001 in Kapstadt. Seine Romane und Sachbücher waren u.a. nominiert für den Deutschen Jugendliteraturpreis und den Oldenburger Kinder- und Jugendbuchpreis. 2001 erhielt er den Gustav-Heinemann-Friedenspreis, 2009 die Poetik-Ehrenprofessur der Universität Oldenburg.
Zum Thema Afrika sind von Lutz van Dijk erschienen: *Township Blues, Themba, Die Geschichte Afrikas, Romeo und Jabulile* (Peter Hammer Verlag). *Themba* ist auch als Kinofilm auf DVD erschienen.
www.lutzvandijk.co.za

© Mbu Maloni
© Peter Hammer Verlag GmbH, Wuppertal 2011
Alle Rechte ausdrücklich vorbehalten
Lektorat: Gudrun Honke
Umschlaggestaltung: Magdalene Krumbeck unter
Verwendung von Fotos von Chad Chapman
Satz: Graphium Press, Wuppertal
Druck: CPI – Clausen & Bosse, Leck
ISBN 978-3-7795-0356-9
www.peter-hammer-verlag.de